Rei
Nakanishi

遺言歌

なかにし礼

河出書房新社

遺言歌　†　目次

遺言歌

遺言歌

1

妻が言った。

「こんなことを言ったら、あなた気を悪くなさるかもしれないけど、来月入院する時は、その前に、遺書を書いておいて下さらないかしら」

「ふん、遺書ねぇ」

生返事で応えてはみせたが、病み上がりの、まだ蒼い顔をしている夫にむかって、よくもそんなことが言えたものだと、北村は妻の気持が計りかねた。

俺はそんなにまで影が薄く見えるのか、と問いかけるように妻を見ると、妻の今日子は冬の昼下りにしては強い陽射しを窓越しに受けて、濃い眉の下の眼を眩《まぶ》しげに瞬《しばた》かせた。

「そうしていただかないと心配で」

「何が？　好きなようにすればいいじゃないか」

「弓絵ちゃんのこともあるし」

北村は一度結婚に失敗している。弓絵はその時の子だ。別れた妻に親権を譲ってある。弓絵は母一人子一人で育てられ、今ではもう立派な大人だ。今日子にとって、そんなにまで弓絵のことが気懸りなのだろうか。

幾歳《いくつ》になったのかな。たしか昭和四十一年生まれだから、すでに二十六歳か。嫁にも行かないで何をしているのだろうと、久しく会っていない娘の顔を思い浮かべた。平べったい色白の顔に切れ長の眼、誰が見たって北村にそっくりだった。

「弓絵にも当然、権利はあるんだろうな」

「そりゃあ、あるわよ。あなたの子ですもの」

「しかし変なものだね。あんまり離れて暮らしていると、自分の娘のような気がしないな」

北村は弓絵に対する自分の本当の気持がよくわからない。正しく言えば、わかろうとするのが怖い。本当の気持をそっくり口に出したら、今一緒に暮らしている家族に対して何か悪いような気がしてならない。

「あなた何かお飲みになります？」

「うん」

「お紅茶かしら？」

「うん」

「それとも、ペリエになさる？」

「うん」

「どっちにするのよ」

「うん、まぁ、ペリエかな」

「あなた、この頃、生返事が多くなったわよ。じゃ、ペリエでいいんですね」

北村は何もかもすべてが、どうでも良かったのだ。

今日子は台所へ立って行った。そのうしろ姿にはことさらの翳《かげ》りもない。ゆるぎない古女房の高らかなスリッパの音である。

今日子は生まれも育ちも関西だから、日常話す言葉の中に、東京人にしかわからない程度のかすかな訛《なま》りがある。その訛りを感じさせまいとする気負いのようなものが言葉に微少な棘々《とげとげ》しさを生んでいた。その棘が相手の胸をチクリと刺す。だが、その棘には毒も悪気もない。

その点、今日子は損をしている、と北村はわかっている。が、わかっていながら、自分の心を鎮めるのに、いつも時間がかかるのだ。

北村はスケッチブックの鉛筆で描いたデッサンの上に色鉛筆で思うがままの色づけをしていった。そのスケッチブックはどの頁も、まだ十歳の北村の娘、桃子の肖像で埋まっていた。桃子の顔、立ち姿、本を読む桃子、リコーダーを吹く桃子、めくれどめくれど、毛ほども巧《うま》いとは言えない素人の鉛筆画の連なりである。

退院後、北村は全く何もしないで毎日を送ろうと努めていた。ぼんやりと本を読み、ぼんやりと古い映画をビデオで見る。これで病気がなかったら、最高のバカンスなんだが。

「はい、ペリエ」

何かにつけて氷の入ったペリエだ。風呂上がりもペリエ。食事の時もペリエ。酒もビールも飲めなくなった北村は酒のつもりでペリエを飲み、ビールのつもりでペリエを飲む。

「桃子のヌードを描いてやってよ。最近とみに丸みがでて来ちゃって可愛いわよ」

「娘のヌードを父親が描く。なんだか気持悪いな」

「妻のヌードも気持悪いかしら。どうお？」

今日子は右手で髪をかき上げて、胸を突き出した。今日子にはこういう、関西漫才的乗りのおかしみがある。その乗りのまま、ずばりときついことを言うから、言われた方は椅子からころげ落ちそうになる。

「絵はいいわよね。死んだあとにも形として残るから」


それは十一月十一日の夜十時半を少しまわった頃だった。仕事から帰った北村はビールの小壜《こびん》を一本だけ飲みほし、明日はゴルフ、早く風呂に入って寝ようと食卓を離れた。が、その前にちょっと練習を、と思いパターを取り上げ、ボールをコーンと穴にむかって打った時である。

グラッと軽い地震でも来たように、体が左右に揺れた。白い球は穴から大きく逸《そ》れて、音を立てて板の間をころがっている。こんな練習マットの上でのパットなど百発百中だと自惚《うぬぼ》れていた北村はあわててもう一発打った。今度は、穴までとどかず、白いボールはゆるい傾斜をこちらにむかってころがってくる。

(変だ！　息がしにくい)

耳を澄ましてみると胸の動悸がいつもより速いような気がした。

(ビールのせいかな。まさか、たったあれっぽっちで)

強気になったのも束の間、次の瞬間、心臓のあたりに鈍い痛みが走った。

(発作かな)

と胸に手をやってみる。心臓がいつになく激しく鼓動しているのがはっきりと伝って
きた。と同時に立ち眩《くら》みがして、なんとこんな時に急に便意をもよおした。パターを投
げ出し、トイレに駆け込み、便座に腰を降ろしてみたが、何も出て来ない。胸の動悸は
一層速くなるばかりだった。

「今日子、ちょっと変だから来てくれ」

トイレから出た北村は妻を呼んだ。

「あなた、発作？」

「そうみたいだけど、今までのとはちょっと違うやつだな」

「ニトロ舐《な》めた？」

「まだ」

北村はベッドに横になり、大きく息を吸った。今日子は枕元の引き出しからニトロを取り出し、銀紙の皮をむいて北村の口の中に入れた。

「救急車呼びましょうよ」

「ちょっと待て」

北村は舌下に入れたニトロの効き具合を確めるように自分の胸のあたりに気を集中させた。が、効き目はなかった。二つ目を舐めてみたが、一向に効いてこない。

ニトロを三つ舐めて効かなかったら救急車を呼べ、が心臓発作の鉄則だが、三つ舐め終ってから一一九番したのでは手遅れになるかもしれない。北村は起き上がり、スポーツトレーニング用のエアロバイクのスイッチを入れた。この自転車には脈拍測定器が備わっている。その器械から出ている黒いラインの先端についている洗濯バサミ状のセンサーで右の耳たぶをはさんだ。

脈拍数が出た。九十。百。百十。百二十。百三十。一体どこまで上がるんだ。百四十。百五十。こいつは只事でない。

「今日子、救急車呼ぼう」

北村がそう言った時、すでに今日子は一一九番に住所と名前、電話番号を告げていた。

「近所の手前があるから、サイレンを鳴らさずに来ることが出来ないか訊いてくれ」

家の前に救急車が止まり、担架に乗せられて自分が運び出されるなんて真っ平だった。カッコ良くない。うすみっともない。

「そんなこと出来ませんって」

「じゃ、とにかく近くまで来たら音を消すように、こちらから歩いて行くからって言ってくれ」

本当はそんなこと言ってる余裕などなかった。一分でも速く救急車が来てくれることを願いつつ、

「明日のゴルフ、ダメかな」

とあえぎの底から北村は言った。

「当り前でしょう。そんな体でゴルフなどとんでもないわよ」

今日子は厳しく夫を叱りつけながら電話のボタンを押し、テキパキと事を進めている。

「婦長さん、T病院に今うかがったら循環器の先生いらっしゃいます?　えっ、いな

い？　小児科の先生？　じゃ、ダメね。主人の具合が悪いんですけど。この近くで、循環器の先生のいらっしゃる救急病院はあるかしら？　ある。どこですか？　W病院。では、主人の主治医のD先生にお電話して、今から北村がW病院にむかいますから、適切な指示を与えておいて下さるようお伝えいただけますか。お願いします」

なんという頼もしさだろう。かかりつけの病院の看護婦長の自宅にこの時間に電話をかけて、もっとも頼りになる病院を教えろとか、主治医に電話しろとか、気の廻りが凄い。次には一一九番にまた電話を入れて、

「主人はW病院へ入れます。準備を整えて待機しているよう、そちらから連絡しておいて下さい。ええ、心臓発作です。お願いします」

ちょっと棘のあるもの言いで電話機のむこうへ話しかける今日子の、つんと鼻が上をむいた横顔の強い眼の光が、北村にはとても美しいものに見えた。

遠くでサイレンが鳴っている。

「来たみたいね。あなた、歩ける？」

「ああ、なんとか」

「あら、サイレンがやんだわ。近くまで来て、音を消してくれたんだわ」

柱時計が十一時を告げている。キンコーン、キンコーンと鳴る音に送られるようにして、北村は外へ出た。冬の夜気が頬を刺した。空には星が出ている。明日は天気が良さそうだ。それにしても、家で良かった。外で女と一緒の時などでなかったのが不幸中の幸いだった。

動悸は速くなるばかりだ。寒い。体に小刻みな震えがきた。ゆっくりと歩く北村の背中を後から来た今日子の腕がささえた。

「桃子はどうした？」

「ぐっすり眠っていたわ。大丈夫、セコムしてきたから」

救急車は家から三十メートルほど離れたところに遠慮がちに止っていた。そっちへむかって北村は手を上げた。

「患者さんはどちらですか？」

白衣の救急隊員は北村と今日子の顔を見くらべた。

「ぼく、ぼく」と言おうとしたが声にならず、北村は人差し指で自分の鼻先を何度もつっついていた。

救急車のベッドに倒れ込み、酸素吸入を受けるとすぐに、車はW病院に着いた。ものの十分もかからなかった。

救急車の着いた場所が処置室の入口だった。室の中は煌々《こうこう》と明るく、白衣の医師や看護婦たちが、北村の到着を今や遅しと待ち構えていたような雰囲気である。

「はい、ベッドに仰向けになって寝て下さい。心電図を取りますからねぇ」

その割には、看護婦の声が悠長だった。顔にはうすい笑いさえ浮かべている。プロの余裕なのか。北村にはそれがむっときた。

(心電図なんか後まわしでいいから、早く一発注射を打ってくれ)

と言いたかった。

動悸はどんどん速くなっていく。胸が痛い。が、その痛みは何度か体験している心筋梗塞の、心筋が壊死《えし》していく時のあの悲しいような激痛とは違っていた。どこか空虚でとらえどころのない、心臓が空転しているような痛みである。

看護婦の動きが急にあわただしくなった。顔も緊張のせいか黒ずんで見えた。

ピッピッピッピッという音が聞こえる。心臓の音とは思えない速さだ。

百九十、血圧六十、という男の声。

処置室の中がにわかに騒がしくなった。

百九十八、血圧五十、という声のむこうに自分の動悸をとらえた電子音がすさまじい速さで鳴っている。

　北村はまわりを見た。

　白衣の人達は口々に何か言いあって動きまわっているようだ。頭が痛い。針金でひきしぼられるような強烈な頭痛が襲ってきた時、北村は医師たちが何か変な薬剤を注入して人体実験でもしているのではないかと思った。

「やめてよ、実験材料にするのは」

　思わずそう叫んだが、自分の舌がもつれているのがわかった。

「実験なんかしていない。治療をしてるんだ」

　厳しい医師の声が返って来た。

「奥さんは廊下に出ていて下さい」

　今日子は外へ出されてしまった。

　脈拍二百四、血圧四十。

「音を消せ！」

　若い医師の命令と同時に、心拍の電子音が聞こえなくなった。とその時、ガーンという音がして頭が粉々に爆発しそうになった。こんな痛みってあるのか。痛みに耐えつつ気をひきしめようとしたが、今度は天井がガラガラと廻り始めた。蛍光灯が遠くなったり近くなったり、遊園地の海賊船のように光を放ちながら左右に大きく揺れた。

なんだ一体これは。この眩暈《めまい》は。これが死ってやつか。

「なに、これ」

と自分では言っているつもりであったが、舌は牛タンの刺身のように口の壁にへばりついて思うように動かない。

「ならにぃ、こるれぇ」

というだらしない、よだれを垂らしているような自分の声を耳のそば近く聞いた。

まさか死ぬんじゃないだろうな。まさかこんな簡単に死ぬ筈《はず》がない。

眼の前が真っ暗になった。重い鋼鉄の塊でつづけざまに撲《なぐ》られてるように頭痛が唸りを上げはじめた。後頭部の髪の毛を誰かが引っぱった。頭を下にして、体が暗黒の中へ落ちてゆく。

「あっ、死ぬんだ。なんて、あっけないんだ」

落下してゆく時に生じる風の寒さをはっきりと肌に感じながら、北村は観念した。

気がつくと、心臓の電子音がまた鳴っている。ピッ、ピッ、ピッ。さっきまでのあの速さではない。

「助かったのかな」

北村は大きく息を吸って、大きく吐き出した。室内の空気はさっきまでとはうって変って穏やかなものになっていた。

「助かったんですか？」

「ええ、一応」

眼鏡をかけた若い医師は気のない返事をした。その顔がぼやけて見える。気がつくと、左右の目尻に涙がたれていた。知らぬ間に、北村は泣いていたのだ。

ベッドが動き出した。暗い廊下に、今日子が一人ぽつんと立っていた。北村と今日子は一瞬どちらからともなく手を握り合った。

北村が今日子の目の前で激しい発作に見舞われたのはこれが初めてだった。初めてにしては、なんという今日子の気丈さであろう。あの手際の良さがなかったら、助からなかったに違いない。ありがとうと言う思いで、妻の手を握ろうとしたのだが、北村はべッドにしばりつけられていた。右手にも左手にも点滴の針がささっている。手を握り合ったと言っても、指先が二、三本からまり合っただけだった。

真夜中の病院の暗い廊下を運ばれて行く。灰色の天井がうしろへ流れて行く。

「このまま、なんとか助かりたい。今やりかけの仕事をやり終えて死にたい」

北村は自分が意外に真面目なのに驚いた。

家のことはほとんど頭に浮かばなかった。悲しませることは間違いないが、死んでも、家のものに迷惑をかけることが何もなさそうだ、という思いがそうさせたのかもしれない。神も仏も信じていなかったが、北村は自分の心臓にむかって、もうひと踏んばり頑張ってくれとしきりに手を合わせていた。

着いたところは集中治療室だった。

鼻の両孔に酸素吸入の管。両手に点滴の針。左手には二本もささっている。家を出た時のままの衣装。顔は脂でねっとりしているのが手でさわるまでもなくわかる。口の中が臭い。歯を磨きたい。風呂に入ってなかったのが悔やまれる。水が飲みたい。舌が口の天井にくっつくほど喉が乾いている。

集中治療室には北村のほかに七つのベッドがあり、白いカーテンで仕切られてはいるが、どのベッドにも患者がいるのがわかる。

もう夜中だ。灯りは消されている。みな寝入っている。大きな鼾《いびき》をかいていた。

(ここで一夜を明かすのか。たまらないな)

鼾のあい間あい間に、今日子と医者の話し声が低くくぐもって聞こえてくる。

(入院だろうな。すべての仕事はキャンセルだな。明日のゴルフ、悪いことしたなあ)

点滴の薬液が音もなくポツンポツンと落ちてゆくのをみつめていると今日子が来た。

「このまま入院します。明日から個室へ移ります。あなたの靴はベッドの下に置いときますから」

「なぜ。入院なら持って帰ればいいじゃない」

「靴がいらないってことは死ぬってことでしょう。だから、病院から靴を持って帰ってはいけないの」

「なるほど、そういうものか」

今日子は結婚したての頃から世智に長《た》けていた。まったく舌を巻くほどに。

「じゃ、私は帰ります。ゴルフの方は私、ちゃんと連絡しておきますから。じゃあね。お休みなさい。大丈夫よ。あなたは助かったのよ」

今日子の眼から強い光が消えていた。やわらかい微笑を浮かべていたが、ほっとしたのであろう、泣き顔に近い笑顔だった。

寝静まった病院の廊下を今日子の足音が遠ざかっていった。よく響く足音だった。それは目標にむかって脇目もふらずにまっすぐに歩いてゆく彼女の意志がそのまま音になったような真面目な響きだった。

2

「軽蔑して。私をもっと軽蔑して。もっと侮辱して。最低の女だと言って」

女は四つん這《ば》いになって、男の足の指を美味《うま》そうに口いっぱいに舐めている。

「お前は淫乱な犬だ。牝犬だ。わんと言え！」

男は、白い女の裸を見下ろして冷たく言う。なんて美しい眺めだろうと思いつつ。

「わん。私は牝犬です。わん。わん」

女の声が哀しい。男も泣きたいような気分になる。抱きしめてやりたい衝動をぐっと怺《こら》える。

女は首に犬の首輪を嵌《は》めている。黒い革に銀色の留め金がついている。身につけているものはただそれだけ。白い肌が汗でぬめっと光っている。

男は女の体を足で自由にあしらい、仰向けに寝かせる。女の顔は法悦の中にあって輝いている。腹は波打ち、胸はふくらみ、やわらかく揺れる。

男は女の顔の上に立ち、立ったまま女の口にむかって唾液《つば》を落とす。女は口を大きく開けて喉の奥でそれを受け止める。そのたびに小さな悲鳴をあげ、その余韻を鼻で鳴らす。

唾液を女の口に落としながら、男は少年の頃を追憶する。足もとのビー玉を狙って片眼をつぶり、立った眼の高さからビー玉を落とす。当たれば勝ちだ。得意な遊びであった。

だからだろうか。唾液はほとんど狙いたがわず女の口の中に落下してゆく。よくもまあこんなにと思えるほど唾液が次から次へと湧いてくる。

男はわざと狙いをはずして、女の鼻や額に唾液を落とす。その唾液で女の顔が蠟の溶けた蠟人形の顔のように無残に崩れていく。

「真帆子ともついにおしまいか」

玩具を取り上げられた子供のような哀しい不満で胸がいっぱいになった。

「まだまだ面白い最中なのに。クライマックスはまだ来ていないのに」

ここまで来ていて、この先どんなクライマックスが待っていると言うのだ。発狂か失神死か。心中か腹上死か。

ロマンスの正しい結末は破滅である、と北村は思っている。決して結婚ではない。結婚は新しいロマンスを生むための道具立てとなるだけだ。人はふたたび心中の相手をさがし始める。ロマンスは心中の胸はずむリハーサルなのだ。がしかし、この芝居が本番を迎えたら、まともに死んでみせること以外の名演技は許されない。それがイヤなら、降りるまでだ。

本番は怖い。が、心中のリハーサルはつづけていたい。ぎりぎりまで降りたくない。女の肌の手ざわりを両手が思い出す。その両手を握りしめ、ああ俺は心底しみじみと女が好きだ、と北村は心の中で叫んだ。暗い天井に女の裸体が幻影《まぼろし》のように浮かんで消える。

大きな放屁《おなら》の音がした。つづいて、

「看護婦さん、大便がしたいんですけど」

と六十男の声。

「はい。今、トイレを持って行きますからね」

看護婦は簡易トイレをその男のところへ運んでいく。

二つ隣りのベッドでがさごそ音がしたあと、男がしきりに息んでいる。

（こんなところで出来るのかな）

と北村が思う間もなく、紙をもむ音がして、

「看護婦さん、やっぱり駄目だ。出ません」

無念と恥しさの入りまじった声で六十男は言った。そして小さく笑った。北村も笑った。この場所にいることが自分にとって実に相応《ふさわ》しいことのように思えた。

（俺の人生はまるでトイレットペーパーの山だ）

北村は歌謡曲の作詞家である。どちらかと言うと、幸福な作詞家の部類に入るだろう。もともとが作詞家志望だったのなら、何も卑屈になる必要はないのだが、北村には夢があった。

その夢から目をそらし、北村は歌書きの道を選んだ。理由はたった一つ、手っ取りばやく、金が稼げそうだったから。この心の動きに本当に卑怯なものはなかったか。足を

洗った筈の泥棒が、ちょっと苦しくなると、すぐ盗みを働いてしまうように、目の前の金欲しさに歌を書きつづけてきた三十年。お前頑張ったじゃないか、貧乏から抜け出せたじゃないかと慰めるもう一人の自分もいたが、今の北村には自分の人生が、うずたかいトイレットペーパーの山に見えてしまうのだ。

オペラも書いた。オラトリオも書いた。歌と名のつくジャンルのすべてに手を染め、それなりの評価は得たが、北村の胸のつかえはとれなかった。クラシックとか歌謡曲とか、そういう次元の問題ではないのだ。

歌に対する愛情はあった。中途半端な思い入れで出来る仕事ではなかった。まずは食いつないでいくためにはこの方法しかないと、歌を書き始めたのだが、現実にやってみると、そんな生易しいものではなかった。一曲書くと確実に体重が二キロ減ってしまう。だが、一生を捧げても悔いないというものではない。

「軽蔑して。私をもっと軽蔑して。もっと侮辱して。最低の女だと言って」

真帆子の哀しい声が室内に反響する。それは、北村の身をよじる嗚咽《おえつ》でもあった。

北村が唾液を落下させ的中させている真帆子の顔がいつしか北村自身の顔になっている。自分の顔が唾液に濡れ、蠟のように溶けていく。その顔につながる首には犬の首輪が嵌められている。かろうじて残された人生をかけても挽回出来そうもない過ちの首輪が。

戯《ざ》れ唄を死後に晒《さら》して『北墓場』

北の墓場通りには、長い髪の女が似合う。そりゃあ、似合うだろうな。こいつはいいや。北村は思わずニタリと笑ってしまった。

「何を笑っているんですか、北村さん」

白衣の医師が北村の顔に笑いかけている。

「あなたですか、ぼくを助けて下さったのは」

「いえ、O先生です。私はKといいます」

人なつっこい笑顔の小柄な男だ。

「北村さん、とにかくあなた命拾いしましたよ」

K医師はちょっと馴れ馴れしく北村の腕をたたいて立ち去った。まかしておきなさいと言う風に。

朝だった。たたかれて初めて、北村は自分の腕や背中が痛いほど痺《しび》れていることに気がついた。

右脚のつけ根に傷をつけて動脈を引っぱり出し、そこに穴をあけてカテーテル（katheter）という管を入れていく。管は直径二ミリほどだが、それを三本も入れて心臓まで届かせるのである。部分麻酔をしているから、そのこと自体に痛みは感じないが、動脈から血が噴き出して股《もも》の内側を濡らしていく様子はわかる。ごそごそと右の腰のあたりで医師が何事かをするたびに重い不快感が胸にこみ上げてくる。拒絶反応という奴であろう。

「痛い！」

「どこが痛いですか？」

「右の肋骨の内側が。管が血管の壁に当たったんじゃないですか」

「わかりました？　北村さんは敏感ですね」

頭は鮮明である。テレビのモニターに自分の胸のあたりが映し出され、先の折れ曲ったカテーテルが心臓にむかってゆっくりと登っていくのが見える。自分の心臓の形がぼんやりと映っている。

過去の心筋梗塞で心室の壁に瘤《こぶ》が出来て、下の部分が変形した北村の心臓は奇怪な動きを懸命にくりかえしていた。

「北村さん、これがあなたの心臓の音ですよ」

心臓の音を直《じか》にとらえた音がスピーカーで拡大されて聞こえてきた。

「ブショワー！　ブショワー！」

まるで、ポンプが水を押し出すような音である。これがどうして、外にはドッキンドッキンと聞こえるのだろう。

心臓は見るからに健気だった。

北村が初めてカテーテル検査をしたのは昭和五十六年である。三百人に一人は不運にも命を落とすと言われ、検査に入る前に、たとえ死ぬことがあっても文句は言いませんという誓約書に、妻の今日子が署名をさせられた。

その後、五年前にも一度やり、今回で三度目だが、やはり怖い。心臓をいじられる怖さ。X線を浴びる怖さ。

昔にくらべたら、医術も段違いで、今や万に一つの危険もなく、医師には鼻唄まじりにやっているような余裕さえある。

「では造影剤を入れますからね。体がカッと熱くなりますよ」

ここの病院は主治医制をとっていない。循環器にはSという有名な部長先生がいるが、全医師が協議《コンファレンス》を重ね、知識と経験を結集して入院患者の治療に当っている。

だから、北村の命を救ってくれたO先生と、気安く腕をたたいて笑いかけたK先生はガラス張りのブースの中で機械を操作している。北村の体内に管を押し込んでいるのはA先生だった。この医師も若い。ここの先生はみな若い。みな自信にみちた笑顔である。その筈だ。一週間に六十回もカテーテル検査をやっているのだから。循環器に関して東日本でも有数の病院に北村はかつぎ込まれたのだ。そのことも幸運だった。

胸がボオワッと熱くなった。造影剤が心臓に流れ込んだのだ。レントゲンの作動する音。熱いものは胸から腹を通り、肛門から外へ出ていく。

一瞬水ウンコをちびったような情けなさで顔までが火照《ほて》る。

それを何度か繰り返したあと、

「発作を誘発しますけど、万全の態勢を敷いてありますから、心配ありませんよ」

A先生は大阪訛りの標準語でゆったりと、モニターをみつめながら言った。

発作が来た。あの時と同じように脈拍が速まり始めた。

「来た！」

と医師たちが異口同音に言った。

心拍数百九十、血圧五十。

「やめて、やめて、やめて。死んでしまう」

同じように舌がもつれた。同じような頭痛が襲ってきた。そして、同じような死の恐怖が真っ暗な闇を連れてやってきた。

「目的は達しました。これで終ります」

発作は止《や》んだ。体からカテーテルが抜かれていく。北村は責め苦から解き放たれて、ほっと吐息をもらした。目尻が濡れていた。

心筋梗塞による心室性頻拍症。これがカテーテル検査によって判明した北村の病名である。

北村は今、五十四歳だが、二十七歳の時、心筋梗塞をやっている。しかし、二十七年前の日本の心臓医学はまだまだ未熟だった。何かの原因で冠動脈がつまっても、六時間以内に心臓に血が通うようにすれば心筋の壊死はかなり救える。なのにその時の医者は「こんな若いのに、心臓病の筈がない。これは単なる自律神経失調症」と言って適切な処置を怠った。

そのせいで、北村の心臓の五分の二相当が壊死し、左心室の底の部分が線維化してしまっている。その部分は右心室の圧迫に押されて変形し、心室瘤という瘤となって突き出ている。それはカテーテル検査の都度、北村もテレビモニターで見て知っている。その壊死した部分にはまだ死にきらない細胞が所々にあり、それが伝導体となって、心臓内に発生する電気に感応するのだそうだ。人間誰しも期外収縮という不整脈はあるのだが、心筋梗塞をやったことのある人間の場合はこの不整脈の生む電気が死にぞこないの細胞を回路にして、壊死した線維質のまわりをぐるぐるとまわり出す。それが高速頻拍という発作になるのだ。北村の冠動脈に硬化はなく、コレステロールも正常である。原因は一に心筋梗塞の傷跡だった。発作を起こすと心拍数が必ず百八十を越えるという、性格の極めて悪質な心臓病だった。

3

「順ちゃん、あなた本当に歌謡曲の作詞をやるつもり」

亜子はまた同じ質問をする。

「やると言ったらやるよ。何度も同じこと訊くなよ」

北村はイラついている。建前ばかりを真正面に押し立ててくる亜子との口論に疲れ果ているのだ。

「それは筆を汚《けが》すことだと思うわ。あなたの純粋さが失われていくのを私、見たくないわ」

「じゃ、別れたらいいじゃないか」

「今のままで頑張りましょうよ。あなたはシャンソンの訳詞をやりながらチャンスを待つ。私だってモデルをやって少しは稼ぐわ」

「シャンソンと歌謡曲と一体どこが違うんだ」

「シャンソンは文学よ。歌謡曲は通俗だわ」

亜子は目に涙をためている。本気でそう思っているのだ。西洋崇拝、ブランド志向の強い亜子は、教養に対するコンプレックスも強い。芸術とか文学には盲目的にひれ伏す。が、そうは言っても、彼女が芸術作品に触れて本当に感動している姿を北村は見たことがない。

「歌謡曲にだって、文学的ないい歌は沢山あるよ」

「だけど、歌謡曲の作詞家になるためなの、あなたがこんなに苦労して大学に行ってるのは?」

そう言われるとぐうの音《ね》も出なかった。

北村はすでに二十六歳になっていた。普通ならとっくに大学を卒業している年齢である。家に金が無かったため、二度受験し、二度入学し、二度退学した。二十二の時シャンソンの訳詞という仕事に出逢い、その稼ぎのお蔭で三度目の入学を果たし、そしてついに来年、大学卒業の見込みなのだ。執念深いといえば執念深い。しかし、それが歌謡曲の作詞家になるためだとは北村も思いたくなかった。

「運命だよ、運命。ものの流れだよ」

北村は自分の意志を天のせいにした。

「狡《ずる》いのね。私と別れるのも運命だと言いたいんでしょう」

「お前と一緒に生きていくために歌書きになるんだよぉ。わからない女だな。このままじゃ、食っていけないじゃないか」

「食べていけるわよ。駄目よ、目先の利益に目が眩んじゃ。順ちゃん、初めて私と逢った時、なんて言ったか覚えてる？」

「覚えてるもんか、そんなもん」

「俺は必ず筆で立ってみせるんだって言ったじゃない。そして、両手にエンピツを持って逆立ちをする真似をしたわ。忘れてやしないでしょう。あの頃の順ちゃん、夢があったわ」

なまじシャンソンの訳詞という仕事がうまく行ってるのがいけないのだ。次から次へと仕事が来る。中のいくつかが評判をとる。するとレコード会社から歌謡曲の作詞の注文が来はじめる。作詞には訳詞と違って印税というものがある。その印税がほしい。金がほしいのだ。西條八十だってサトウハチローだってやっている。この俺がやって一体どこが悪いんだ。

「作詞だって筆で立つことに変りはないじゃないか」

「それは詭弁《きべん》よ。自分で自分を欺いているんだわ」

その通りだった。しかしもういやだった。貧乏が。満足に食えないことが。朝、大学に行き、授業中にも楽譜をひろげ、教授の目を盗んで訳詞をし、家に帰ったらまた夜中まで訳詞をする。勉強どころの騒ぎじゃない。多い時は一ヶ月に百曲もやる。それでこの生活だ。ちょっとくらい誘惑に身をまかせたっていいではないか。

(のびのびと自由に人生を楽しむのだ、じっとしていて、うまいものが食える身分になるのだ)

このところ、北村の耳からメフィストフェレスのささやきが消えたことがない。

「じゃ、こういうのどうだい。三十歳まで作詞家やって、あとはきっぱりやめて初心に帰るっていうの」

「まるで年季奉公ね。芸は売っても心は売らぬ、と言いたいのね」

「まあ、そうだな」

北村の頭に高見順の『敗戦日記』の言葉が浮かんだ。

〈レコード会社から流行歌手たれとすすめられたある芸者、――イヤですよ、あんなイヤな歌をうたうなんてとキッパリ拒否してこう言ったと聞く。「身は売っても芸は売らぬ」〉

俺はこの芸者にも劣るではないか。イヤですよ、あんなイヤな歌を書くなんてとなぜキッパリと拒否出来ないのだと北村は天を仰ぐ。

芸を売ったとして、果して年季の明ける日が来るであろうか。

（思いわずらうことなく、何でも大胆に、どんどんやってしまえばいいんだ）

誘惑が堕落の使者であるということに、二十代半ばの北村は気づく筈もなかった。煽《おだ》てと自惚れが作り出す甘美な未来。手をのばせばすぐとどきそうなところで堕落の使者が婉然《えんぜん》と微笑《ほほえ》みかける。その秋波《ながしめ》はすでに北村を毒していた。そんな自分の、もう一つの可能性を理解しようとしない妻が北村には日に日にうとましくなっていた。

高校卒業後、八年かかって、やっと念願の大学卒業を果たした。が、その年の冬、北村は心臓発作を起こして、浅草のY病院に緊急入院した。

「お前と暮らしていると、俺の神経はズタズタになるんだ。別れてくれ」

病気の原因はストレスによる神経衰弱だという医師の言葉を盾にとって、北村は一方的に亜子を悪者にした。

「あなたは自分で自分を騙《だま》しているから、それで神経が参ったんだわ。原因は自己嫌悪よ」

亜子のこういう正鵠《せいこく》を射るもの言いがたまらなくいやだった。これが毎夜である。遠まわしに表現するということを知らない女だった。最初はそれが好きで結婚したのだが。

「私のお腹には子供がいるのよ」

「わかってるよ。堕《お》ろせよ」

「六ヶ月よ。堕ろせるわけないでしょう」

「じゃ、産めよ」

「それでも別れるの？」

「俺は思う存分羽搏《はばた》きたいんだ。お前みたいに、やれ純粋がどうの、やれ理想がどうのという女がそばにいたんじゃ、地面を這いずりまわることしか出来ないじゃないか。現実は厳しいんだ」

「良心の方が厳しいと思うけど」

「だから、なんだっていうんだい」

「だから、私は子供を産むわ」

「勝手にしろ」

「順ちゃん、あなた父親になるのが怖いんじゃないの」

「だから、金を稼がしてくれって言ってるだろう、父親らしく」

入院は四十五日間だった。その費用は知人や友人からの借金でなんとか間に合わせた。むろん一日も早く返さなければならない金だった。北村はもう抜きさしならないところまで来ていた。あとは切っ掛けを待つだけだった。その切っ掛けとは、亜子の「やりなさいよ」の一言か、さもなくば離婚だった。

「昨晩《ゆうべ》は徘徊婆さんがいて参ったよ。循環器の病棟はみんな寝不足だと思うよ」

「はいかいって何？」

と桃子が母に尋ねる。

「夜中にウロウロ歩きまわることよ。で、どうしたの」

「俺の部屋のドアをガッと開けて、違うなあ、どこだったかなあ、すぐわかんなくなっちゃう、変だなあ。これがまた大きな声なんだ。各部屋のドアを開けて歩くんだ」

「看護婦さんは来なかったの」

「来たさ。走って来て猫撫で声で、お婆ちゃんのお部屋はこっちでしょう、と言って連れていくんだけど、また一時間もすると、スリッパの音をペタペタさせて、変だなあ、どこだったかなあと大声で始めるんだ。それがくりかえしくりかえし朝までさ」

「心臓病なの？」

「らしいけど、これがまたよく食うんだ。朝食の時なんか若い看護婦さん、ついに泣き出しちゃった」

「どうして？　わかった。ボケでしょう」

「そう。いくら朝めし食わしても、食ってない食ってない、おかしいなあ、変だなあと言ってきかないもんだから、お婆ちゃん朝ごはん何度も食べたじゃないって、看護婦の新人さん、べそかいちゃった。みんなで見物さ」

「迷惑ね。今夜もいるのかしら」

「どこかへ移されたみたいだよ。その時、婆さんが言ったんだ。変だなあ、おかしいなあ、私の部屋はどこかなあって。そしたら、見物人の男の患者が、お婆ちゃん、おかしいのはあんたでしょう。これにはみんな笑ったね。この近所、明るい患者ばっかりだよ。本当に心臓病なのかな」

「今も、看護婦さんをつかまえて言ってたわよ、中年のおじさんが。いい天気だね、こんな日はあんたみたいな美人さんとデイトがしたいねぇって」

「そんな気楽な人でも心臓病になるんだねぇ」

大人の話が終ったのを待ちかまえて、

「ダダ、往復日記書いてくれたぁ」

と桃子が言う。

「書いたよ。徘徊婆さんのお蔭で寝られなかったから、たっぷりと書けたよ」

桃子は父親からピンクのノートを受け取ると、病室の隅へ行って、こっそりと読み始めた。そこには、父親から十歳の娘への愛のメッセージがあった。ハートマークや星印が沢山ちりばめられていた。

「やさしいダダって、大好き！　チュウ」

ノートを読み終った桃子が北村に抱きついてキスをする。

「じゃあね。明日また来るからね。桃子の日記楽しみにしててね」

「あなた寝不足でしょ。お昼寝でもして下さい」

今日子と桃子は元気に帰っていった。彼女たちが元気なのは北村が日に日に回復している証拠だった。入院して三日間はほとんど動けず。カテーテル検査をやったあとは翌日まで絶対安静。左腕に点滴の管のついた針が二本ささっている。右腕に一本。鼻の両孔には酸素吸入の管。どこから見てもご大層な病人だった。その姿でCDデッキからヘッドホーンで音楽など聞いているのだから、まるでお化けだ。

「キャッ、管《くだ》人間だ」

定期検温に来た若い看護婦がふざけて驚いたふりをする。

その頃に比べたら大分人間らしくなった。トイレにも行けるし、風呂にも入れる。入院して十三日目、十一月二十三日、顔色も良くなった。

今日は今日子の誕生日だが、当然ながら何もしてやれない。十九歳で北村の妻となり、二十歳で子供を産み、今、四十一歳、二児の母。

「二十二年も、よく保《も》ったものだ」

北村は不思議な想いがした。

少し、昼寝がしたいと思った。南向きの病室は明るい。北村は目の上にアイマスクをつけた。昼寝の下手な体質《たち》なのだ。

寝不足はなにも徘徊婆さんのせいばかりではなかった。昨晩北村は病室に持ち込んだ携帯電話で、ひそひそと声を低めて、女と長話をした。別れ話だった。別れることが出来ないということを知るための別れ話だった。

(ここで病気になったのはもっけの幸い、渡りに舟。いい汐時じゃないか。一生つきあうわけでもあるまいし)

そういう俗な考えも浮かんだが、北村は従いきれなかった。

真帆子の鼻にかかった声が耳からはなれない。

「私がいけなかったんです。私が甘えすぎたんです。私がわがままだったんです」

「俺も年甲斐もなくはしゃぎすぎたのさ」

「元気でしたものねぇ」

「しょうがないよ。楽しくて仕方なかったんだから。危うく名誉の戦死をするところだったよ。ま、仕事もやりすぎだったけどね」

「もう抱いて下さらなくても、私、いい子で我慢します」

「そんなの無理だよ。誰かいい男みつけて、恋でもしてくれよ。お前はまだ二十四だよ。青春まっ只中じゃないか。老いぼれ馬とはおさらばしな」

「棄てるつもり？」

「棄てられるのさ」

真帆子は泣きじゃくる。

「ちょっと待って、鼻をかませて」

威勢のいい鼻をかむ音が聞こえてくる。

「ねぇ、愛してるの？」

「ああ、愛してるよ」

「私のこと必要？」

「ああ、必要だよ」

「どんな風に必要ですの？」

北村はぐっと言葉につまった。

「恋人、愛人、情婦、奴隷として、俺には真帆子が必要だよ」

と言ってみたが、どれも違うような気がした。

真帆子は北村にとって、面白い玩具だった。決してイヤと言わないが、悲鳴や呻き声をあげたり、涙を流したりする、生きた肉体を持った人形だった。北村は逢うたび、その人形を縛り上げ鞭打ち、思いつくかぎりの悪戯をして玩《もてあそ》ぶ。

玩ばれている時の真帆子の顔は悪魔にしかつくり得ないような美しさに輝く。真帆子の中に悪魔がいる。鞭打てば鞭打つほど、悪魔は、真帆子の肌に、赤や青の妖しい彩りを添え、瞳に陶酔の翳りを加えていく。が、ひとたび北村が悪戯の手を休めると、見る見る真帆子の眼に世俗の汚れがもどってくる。二人のやっていることが狂気の沙汰に思えてくる。

それが癪で、北村はまた打擲《ちようちやく》の愛撫を加える。疲れるわけだ。

「お前は俺の玩具だ。愛する玩具だ。いくら遊んでも遊びたりない玩具だ」

「うれしいわ。玩具でもなんでも。愛されているなら。あなたのものなら」

こんな台詞《セリフ》を衒《てら》いもなく言ってのける。無意識だとしたら、ものすごいイノセントの妙技だと北村はうなる。

「あのまま死ねたら、楽しいでしょうねぇ」

真帆子は歌うような夢見る声でつぶやいた。

真帆子がホテルの回転ドアをくるりと廻して入ってくると、ロビー全体がにわかに明るくなる。

左腕に白いプラスチックの大きなチェロケースをかかえ、黒ずくめのスラックス姿で、大股にゆっくりと歩いて来る真帆子の姿に、ロビーにいる客たちの視線が集まる。それだけでも北村の自尊心は十分みたされるのに、真帆子は北村のテーブルの前へ来て、

「遅れて申し訳ありません。お稽古が長びいてしまったものですから」

と生真面目なお辞儀をして、ニコッと笑う。

紅い唇に歯ならびがきれいだ。育ちのせいであろう、声が穏やかで、もの言いがゆっくりしている。

真帆子は珈琲を頼んだ。

「いつもパンツルックだね」

「ええ、タイトスカートですと弾《ひ》けませんし、演奏会はロングのフレアーですけど、そんなの普段、はけないでしょう。だから、大抵スラックス。いいんです、私あまりお洒落《しゃれ》じゃないんです」

「チェロをかかえているだけで、十分お洒落だよ」

気持があせってきた。何を切っ掛けにして、部屋へ連れ込もうかと、北村が虚ろな眼をして、姑息に思案していると、

「ねぇ、北村さん」

珈琲カップについた口紅を右手の拇指でぬぐいながら真帆子が言う。

「今から、あなたのことを順さまとお呼びしてよろしいかしら」

真帆子は挑むような眼つきで北村を睨《にら》みつけていた。その眼に似合わず唇は隙だらけだ。

「私、自分が見上げる人にしか愛を感じないんです。自分が見下ろしている人に上から見下ろされるかと思うと、そのことを考えただけで総毛だってしまいますの」

真帆子はテーブルの上にあるルームキィをじっとみつめながら話していたが、話し終

るや、瞬きもせずその眼を北村にむけた。北村はボーイを呼んで勘定をすませたのだが、真帆子はそれさえ待ちかねたように立ち上がり、

「さっ参りましょう、順さま」

と言ってあわただしく、白いチェロケースを左腕にかかえたのだった。

『貿易風』という題の絵を北村は持っている。一見したところ油絵のようだが、小田原千佳子という女流画家の描いた日本画である。百五十号という大きな絵を北村は自分の部屋の黒い板壁に飾り、日夜飽かず眺めている。

南国の湖のほとり、裸体の乙女が二人いる。一人は立ち姿で、知的な眼差しの右横顔を見せ、もう一人はその乙女の足許にゆったりと坐っている。二人のまわりには名も知らぬ熱帯の植物がたわわな実をつけて生い茂り、白や薄紫の花々が耽美に咲き匂っている。背景には神秘な湖が横たわり、その水の色は黒。死を匂わせて静まりかえっている。乙女たちの裸身にはかすかに金粉がほどこされ、それが白い肌に桃色の輝きを与えていた。二人の乙女はまぎれもなく日本の女だった。こよなく美しい日本の女の白い裸身が、見るたびに北村の心をしんと落ち着かせる。

特に、大地に裸の尻をつけて坐っている乙女はしなやかだ。斜め坐りの腰の肉づき。重心を支える左腕。右下がりの肩の線。太股のたくましさ。お腹の丸み、胸のふくらみ。風の音でも聞こうとしているのか、遠く耳を澄まして、心ここにあらぬ表情が空虚で蠱《こ》惑《わく》的であった。時刻はいつであろう。まるで月の光の下の出来事のように、全体を青白い光がつつんでいる。

北村は生つばを飲む。

黒ずくめの衣装を自分の手で剝《は》ぎとった真帆子の裸体は全く、この絵の中の坐っている乙女が立ち上がり、絵から抜け出してきたのではないかと思わせるほどに見事なものだった。

「順さま、キスがお上手ね」

「上手《うま》かないよ。あんまり美味《おい》しいから、いつまでも舐めまわしているだけさ」

「順さま、私の香水なんだか当ててみて」

「アラミスかい。アラミスに女ものあったっけ」

「これ、アフターシェーブローション。順さまと同じ」

「にくいことをするじゃないか」

「気を利《き》かしたつもりじゃ全然ないのよ。ただ、こうしておくと、別れたあとでも、順さまの匂いにつつまれていて、淋しくないだろうなと思っただけですの」

あまりの可愛らしさに、北村はたまらず、真帆子の体を左手でかきよせた。右の手のひらに小さな噴水があたった。

「あっ私、ダメなんです、それ」

真帆子は両手で顔をおおった。

「私、普通じゃないんです」

「普通じゃない？　誰がそんなこと言った？」

「別れた彼。お前は普通じゃないって」

「そんな男を見上げていたのかい？」

「学校の先輩だったんですもの」

真帆子は今にもべそをかきそうだった。

「普通じゃないどころか、美しき天然さ」

北村は水芸人のように噴水を自在に楽しんだ。

噴水は大きくなったり小さくなったり、喜悦のむせび泣きに合わせて踊った。

そして最後に、噴水の水も渇れようとする時、北村はオアシスにたどりついた旅人のようにひざまずき、草叢《くさむら》に口をつけ、噴水の水をたっぷりと飲んだ。真っ白い大理石の肌にかこまれた噴水の細い水を。


次に逢った時、北村は犬の首輪をズボンのポケットから取り出した。

ファッション用の飾り物でない本物の武骨な犬の首輪である。それを細い首に嵌めてやると、眼に霞がかかり、見る見る全身から力が抜けていった。口は痴呆のように舌を出し、四つん這いになり、真帆子は従順な牝犬になった。

何事であれ、男と女の関係は、女が仕掛けて男がはまる、と北村は真帆子をベルトで鞭打ちながら思う。悲鳴とのたうつ肉体は、早く次を打て、という無言の命令であった。

「うっ」

と呻いて真帆子が体を硬直させた。

それに驚いて、北村が自分の手もとを見ると、ベルトが逆になっていた。勢いあまって金具の方で真帆子を鞭打っていたのだ。真帆子の右の腰の白い肌に、ベルトの金具のあとがくっきりとついている。四角い留め金と、穴に通す爪のあとまではっきりわかる。

まるで赤い刻印だった。真帆子は気を失っていた。

その時以来、痛みは真帆子の恍惚になった。屈辱と恥しさの快感から、一段と跳ねあがり、自分から求めてやまない愉楽となった。

こんな楽しい玩具を手放すことが出来るのか。北村は自分に問うた。若くて綺麗で従順でしかも底無しに淫乱なこの女とどうやって別れるのだ。ほかの男にやれるのか。

真帆子がほかの男に抱かれている場面を想像するだけで北村の胸は痛んだ。男に弄《もてあそ》ばれ、舐めまわされ、突き立てられて、涙を流し、鼻で泣くような善《よ》がり声を出すかと思うと、居ても立ってもいられなくなる。

北村には真帆子が必要だった。だが真帆子にとって北村が必要なのかどうか、それはわからない。

4

「酒もゴルフももうおしまいですねぇ。車の運転もよした方がいいでしょう。勝負事もすすめません。飛行機も気圧の変化がありますから、しばらく控えた方がいいですね」

「セックスはどうなんですか」

あまりに直截的な質問にS先生はびっくりしたような笑顔をみせた。

「そんな質問をしたら、まるで私が毎晩求めているみたいじゃありませんか。恥しいわ」

今日子は顔を赤らめて怒ってみせた。

その通りだ。北村は妻に申し訳ないと思う。ほっぽり投げておいて。

「奥さんと、軽く、おとなしく、たまにならね」

「カミさんと、盛り上がらず、平常心を保って。要するに、胸をドキドキさせてはいけないと」

「まあ、そういうことですねぇ」

「あなたの女は、ついに私一人になったのよ」

今日子は明るい声で冗談めかして言った。

「ロマンスとか冒険とか、胸ときめくことはすべて駄目なんですね」

「ええ、残念ながら。体に悪いことの中に人生の歓びのほとんどがあるんですけどね」

「ぼくの心臓、どのくらい保ちますか。途中で破裂することなんかないですか」

「破裂はしませんよ。傷ついたエンジンですけど、ソロソロ運転で行けば結構先まで行けますよ」

S医師はちょっと落ちつきのない上目づかいで言った。四十三という年齢の割には髪が薄い。

この、結構先まで、という言葉を、北村も妻の今日子も長くて五年と読み取った。ただし、未来に光明がないわけではない。

高周波で高速頻拍の震源地を焼き切る、カテーテル・アブレーション（ablation）という新しい医術が五年前から行われている。心房性の場合は九十%、心室性の場合は六十%の成功率だという。北村のは心室性だから、迷うところだ。むろん、二、三%の死ぬ確率もある。怖くないわけがない。

その名医が横浜RC病院にいるから、ぜひその先生の検査を受けてくれとS医師は言う。

成功すれば、常人の生活にもどれる。

北村は、それをやるつもりで退院した。

十一月二十八日、空はからりと晴れ上がっていた。北村は久しぶりに自分の家の木の匂いをかいだ。わけもなく空にむかって、ありがとうと叫びたい気分だった。

「結局、今日子は一日も休まず見舞いに来てくれたわけだ」

「そりゃあそうよ、近いんですもの。私は良妻賢母なの」

「良妻賢母、貞操堅固か」

「そう、私のことなら一生、お情《なさけ》を分けて下さらなくても平気ですからね。心配しないで下さいね」

「女房のお腹の上でも腹上死って言うのかな」

「言う筈ないでしょう。この先、万が一、外でそんなことがあるといけないから、あなた、つきあっている女性に言っといて下さいね、俺が死んだら、まず女房に電話しろって。そしたら私、飛んでいって、その女性とさっと体を入れかえますからね」

「名案だなぁ」

二人は笑った。

北村の家には笑いが絶えなかった。それは今日子の明るさに負うところが大きかったが、その今日子の明るさをささえているものは安定した生活であろう。今の北村なら、何年でも療養生活を送れる。パジャマ姿で遊び暮らしていても、家族を路頭に迷わすことは、戦争でも起きないかぎり、無い。この安心が日々の生活の基礎を作っていた。

この安楽こそが北村の長年の願いであった。

北村順也が生まれた時、満洲牡丹江の北村の家は裕福だった。順也は安楽の中に生まれ落ちた。物心ついて、あたりを見たら安楽の中にいた。安楽は順也の原体験と言って良かった。

しかし、その安楽はつかの間に終ってしまった。ソ連軍がソ満国境を越えて侵攻して来た日、順也の他力本願の安楽はあとかたもなく消え去った。

命をかけた牡丹江脱出。ソ連軍機の機銃掃射を浴びながらも奇蹟のように生きのびてたどり着いたハルピン。避難民としての収容所生活。蚤《のみ》と虱《しらみ》と南京虫に食われた体をボリボリと掻きながら、アルミのお椀を持って長い列に加わると、一日二度赤いコーリャンのお粥《かゆ》が与えられる。それだけが生きる希《のぞ》みのような毎日。死は日常茶飯事だった。その日常茶飯事の中で、順也の父も栄養失調で死んだ。

終戦の翌年、順也は母と姉とともに日本の土を踏んだ。が、日本に住むところはなく、母は二人の子供を連れて、東京、小樽、青森と親戚を頼ってさ迷った。どこでも邪魔にされ、追われるようにほかの町へ移った。

順也には政之という十四歳年上の兄がいたが、この兄は安楽の水にどっぷりとつかって育ったわがまま息子だった。まともに勤めるのもイヤ、人に頭を下げるのもイヤ、早起きもイヤ、楽して生きる方法はないかと、そればかりに知恵をめぐらせている男だった。会社を作り、社長と呼ばれるのが好きだった。十も十五も会社を作り、一つ残らず潰《つぶ》していった。借金ばかりがふえていった。

平和日本になって、すでに十年が過ぎているというのに、順也はいつも空腹をかかえていた。飢えの恐怖を抱きながら毎晩床についた。生きていることだけでも僥倖《ぎょうこう》なのだからと、空腹について不満を言わないのが、順也がいつの間にか身につけた心構えだった。

東京の大井町に住んでいた頃、順也はよく、うどんのカスというものを買いに行かされた。夕食時の客がそろそろひけそうな頃を見計って、うどん屋に行き、「うどんのカスちょうだい」と言うのである。すると店の人はひとかかえもある、うどんのカスの塊を新聞紙にくるんでくれる。わずか五円だった。それを家のみんなで素うどんにして食べる。どれもこれも三センチくらいの長さのうどんだった。

その頃、母はほとんど寝たきりだった。その母は自分の金歯を自分の手で全てはずして、これを売ってでもいい、頼むから何か食べさせてくれと、左の手のひらの上に黒ずんだ金冠をいくつかのせたのをつき出して見せ、涙ながらに頭を下げたことがあった。半身不随の病人でもやはり腹は減るのだ。

家庭教師をやっていた時も、夕食時が来ると、一食ありつけるのではないかとさもしい期待をした。その期待はいつも破られた。ピアノの音の流れてくる夕暮れのお屋敷町を歩きながら、北村は自分の貧乏を呪った。

喫茶店のボーイになった。一日一食ついているのが魅力だった。そこで得た金を貯めて入学金として払い込み、大学生になってはみるのだが、すぐに学費はつづかなくなる。退学処分が来る。それを二度やった。苦労して貯めた金がすべて無駄に消えていった。

その喫茶店はシャンソンを聞かせる店だった。朝から晩までシャンソンを聞いて生活した。そこで北村は初めて訳詞というものを覚えた。

北村の訳詞は評判が良かった。仕事の切れる間がなかった。ボーイよりはるかに金が稼げた。「うん、これで大学に行ける」北村はボーイをやめ、シャンソンの訳詞に精を出した。

亜子とはなんで結婚したのだろうか。亜子が美人だったから。亜子が処女だったから。

毎晩セックスをやっていたかったから。「あなたには私と結婚する勇気はない」と言われて腹が立ったから。俺は信ずるに足る人間だというところを見せたかったから。

いや、ただ一緒にいたかった。一緒に生きていたかったのだ。

亜子はモデルをやって、多少は稼いでいた。北村も訳詞で夜昼なく働いていた。二人の金を合わせたら、なんとか食っていける。この際、思い切って結婚してしまおう。

二十五歳で大学三年生のアルバイト訳詞家と二十三歳の名もないモデルとの飯事《ままごと》生活が始まった。

そして二年半、北村は心臓発作で倒れる。四十五日間の入院。妊娠。諍《いさか》い。どこまでもつきまとう貧乏と無力感、そして将来への不安。

暗い正月だった。

北村の体調は一向に良くならない。亜子の腹のふくらみばかりが目立ってきた。

或る夜、胸苦しさに目覚めてみると、目の前に、亜子が坐っている。その顔は般若《はんにゃ》のように口が耳まで裂けている。亜子は右手に裁《た》ち鋏《ばさみ》を持っている。その手が震えている。鋏がかすかに音をたてている。北村はとっさに立ち上がり、壁を背にして身構えた。

その日以来、台所の包丁やナイフやフォークなど危なっかしいものはひとまとめにして、紐でくくって枕の下に入れて寝るのが北村の習慣になった。

この貧しさから脱出するために、北村は歌謡曲を書こうとしていた。なんでもいいから一度、腹いっぱい食ってみたかった。

四月に女の子が生まれた。その子は先天的に股関節を脱臼していた。病気の子と妻を棄てて、北村は家を出た。

家を出ると同時に歌謡曲の作詞を開始した。すぐにヒット曲が出た。北村は生まれて初めて、腹いっぱい美味しいものを食べても無くならない金を手にした。

この幸運は一回かぎりのものではなかった。次の歌も、また次の歌もと、ヒットはつづいて出た。北村は生活への自信を持った。妻と子供と三人で暮らすことの幸せを思って、北村は亜子に逢いに行った。

「もう駄目よ。私の頭の上にあった美しい花瓶はおっこちて壊れちゃったの。もう元にはもどらないの」

亜子は眼を瞠《みひら》いたまま冷たく言い放った。

「土下座でもなんでもする。とにかくもう一度、一緒に暮らしてくれ」

北村は畳に、両手をついて懇願した。畳に頭をこすりつけると、悲しさが一層こみ上げてきて、北村は泣いた。いくら泣いても、亜子の声は優しくならなかった。

「弓絵は私がなんとしても育ててみせます。順ちゃんは出来るだけの応援をして下さい。お話はこれでおしまい。さあ帰って。あなたは別の人間になったのだから。さようなら」


取りつく島もなかった。亜子の横には股関節脱臼用のギプスをはめさせられて、両脚を大きく開いたままの弓絵が寝息をたてていた。

「私は一生許しませんからね」

別れぎわ、亜子の言葉が北村の背中に突き刺さった。二人は離婚した。

北村はひっぱり凧であった。

書く歌書く歌がヒットした。年齢《とし》に不相応な大金が空から降ってきた。テレビやラジオには自分の書いた歌が流れ、ナイトクラブでは自分の歌にあわせて女と踊ることが出来た。女は夜毎にとりかえた。名前も売れた。テレビにも出る。北村は有頂天だった。サングラスをかけ、パンタロンをはき、エルメスのスカーフをひらつかせて、北村は時代の先端を走っている気分で得意満面だった。

レコード大賞だとか作詞賞だとか、賞という賞をいくつも獲《と》った。それが茶番だと気づかぬわけではなかったが、北村は日に日に生意気になっていった。歌の世界に多少の新風を吹き込んだに違いないと自惚れ、作詞は自分の天職だと豪語してはばからなかった。

そんな浮わついた生活の中でも、本はよく読んでいた。

詩人の魂や作家の魂に対する憧れだけは持ちつづけようとしていたのだろうか。

その頃、『人殺し』という小説を読んだ。感動をもって読み進み、いよいよ終るというところになって、衝撃的な文章が目に飛び込んで来た。

〈黒眼鏡の男は、歌謡曲の作曲家だった。その男は、よくテレビに出演するので、井崎も知っていた。黒眼鏡の隣にいるのは、やはり歌謡曲の作詞家だった。その二人が組んで作った歌は、続けざまにヒットしていた〉

北村はドキッとした。胸が熱くなり、顔から汗が出た。

〈テレビで顔の知れた芸能人、流行歌の作詞家、作曲家、同じ漫画家でも劇画といわれるものを描く人たち、芸能ブローカー。その連中は金を持っていた。実業家でも、中小企業の社長や副社長であり、ロータリー・クラブやライオンズ・クラブのバッジをひけらかすような男たちだった。はっきり言えば、その連中は、どこか下品だった。商売だ

から、それも仕方のないことだった〉

この言葉は北村の下腹部にぶすりと短刀《ドス》を突き立てた。作者に対して、たっぷりと敬意を抱いていただけに、北村にはこたえた。

これは俺のことだ、と北村は思った。

作曲家と書いてあるが、この黒眼鏡の男は自分かもしれない。どちらでも同じことだ。とにかく下品な連中として、北村はこの小説の作者に嫌悪、軽蔑、唾棄されていた。『人殺し』の主人公、井崎宏は四十三歳。井崎宏が作者山口瞳の分身であるとするならば、大正十五年生まれ。物語の書かれている時代は昭和四十三、四年ということになる。まさに北村順也が夜毎に盛り場をうろついていた時期である。

無論、北村の思い過ごしであるかもしれない。ほかの作詞家作曲家のことかもしれない。しかし、黒眼鏡をかけて新宿の酒場で遊んだことがないとは言えなかった。自分が下品でなかったという自信はなかった。

黒眼鏡なんて言葉はとっくに死語になっていて、人はそれをサングラスと呼んでいるのに、この作家はわざわざ、黒眼鏡と言う。下品な連中に対する嫌悪感がこの黒眼鏡という言葉に集約されていた。

北村はうずくまったまま、しばらく立ち上がれなかった。

〈瑛子が道子を殺し、道子が井崎を殺し、井崎が瑛子を殺す……。人間が人間にかかわることはお互いに殺しあうことではないか〉

『人殺し』の作者は、この哲学に至るまでのいわば行きがけの駄賃に、北村を短刀《ドス》で突いていったのだった。行きがけの駄賃にしては傷は深かった。

(ここにも、俺を許さない人間がいる)

小説家の怖い眼のむこうに亜子の眼が見えた。


北村は今日子と二度目の結婚をした。何も知らず嫁に来た今日子は北村があまりに金に窮しているのに驚いた。彼女は呆然として、夫が兄に肩入れするのをみつめていた。

「俺には実業家としての才能はあるんだ。今まで上手く行かなかったのは資金が無かったせいなんだ。順也、お前が資金を提供してくれたら、きっと俺は成功してみせる」

兄の言葉を弟は信じた。そしてその言葉どおり、兄に成功してほしかった。

が、結果はみじめなものだった。兄の企《たくら》みはすべてその場の思いつきだった。ことごとく失敗した。金はドブに捨てるが如くに消えていった。兄の生活は放縦に流れた。毎晩、銀座を飲み歩き女に入れ揚げ、仕事は上の空。気がついたら莫大な借金の山だった。その借金の山を丸ごと弟に背負わせて、兄は涼しい顔だった。その借金は、北村が一生かかっても払いきれそうにない額になっていた。

誰のせいでもなかった。兄の企みに乗ったのは北村の助平心であり、兄の放縦を見て見ぬふりをしたのは北村のだらしなさであった。罪はすべて自分の軽薄さにあると北村は判断した。

「今日子、俺と一緒に死んでくれるか」

北村は、ついに運も力もつきたと思った。

「ええ、いいわよ。そんな日が来るんじゃないかと思って、龍之介を大阪にあずけておいたんだわ」

二人には七歳の息子があった。結婚して八年がたとうとしていた。

北村は今日子の首を絞めた。

今日子の顔は紅くなり、膨らみ、口から舌がはみ出てきた。眼は閉じていたが、瞼《まぶた》の奥の眼は笑っているかのようだった。

北村の手に今日子の首の骨があたった。右手の指と左手の指が交叉するほど、その首は細かった。

今日子はゲッと言った。北村は力をゆるめなかった。今日子はまたゲッと言った。ヒッーと喉の鳴る音がした。

「兄が俺を殺す。俺が今日子を殺す。今日子は誰を……」

兄は呑気《のんき》に生きているではないか。そう思った時、北村の手から力が抜けた。死ぬことにも、殺すことにも、急に納得がいかなくなった。

今日子は何度も咳込んだ。顔色は一度蒼くなり、そして赤味を帯びてきた。太く長いため息をついたあと、今日子はしわがれた声で、

「お兄さんとは、もう一生、会わないで」

言いたかったことをついに言い切った。

今日子は兄を殺した。

「兄が俺を殺し、俺が今日子を殺し、今日子が兄を殺す」

『人殺し』の輪が完結した。これでやっと辻褄《つじつま》が合った。

「兄の顔は一生見るまい」

北村の心の中で兄政之はその時、死んだ。

5

弓絵のことを気懸りの種のようにして「遺書を書いておいて下さらないかしら」と言った時、今日子が心に浮かべていたのは北村の兄の顔だった筈だ。だが、果してそれだけだろうか。北村は自問自答する。今日子は兄の顔と二重写しに、自分の夫の顔を見ていたのではないだろうか。あの失敗は一人兄だけのせいではない。兄の手をかりて、北村自身がことを起こし、北村本人が失敗したのだということを、今日子が一番知っているのだ。兄の中に北村が、北村の中に兄がいる。二人の体内に同じ血が流れているということが、今日子は怖い。

真帆子の存在を知っていたとしても、そこに子供が生まれるかもしれないと、そんな気のまわし方をする今日子でないことはたしかだ。とすると、今日子は、遺書の名をかりて、幸福の再契約を求めたのではないのか。

兄弟の絆を無視することによって、今の安定は成立している。何が起ころうと、北村はあの時、今日子と固く結んだ誓いを破るつもりは毛一本も無かった。その心の証明のためにも、やはり遺書は書いておくべきなのだ。北村はようやくその気になった。

「お父さん、成人式の日は家族四人で記念写真を撮って下さい。全員和服。ぼくとお父さんは紋付き袴。ねっ、いいでしょう」

龍之介が父に甘える。彼は東京に下宿して大学に通っているのだが、今度の冬休みはやたら家にいる。父のそばにいたがる。

今日子と二人で、心臓マッサージと人工呼吸の講習を受けてきたりもする。ありがたいが、一体、どれくらいの効果があるのだろう。

北村は例年になく、年賀状を一枚一枚自分で宛名書きをした。弱気だな、と思ったが仕方がなかった。

日記、手紙の類で、人目についたらまずそうなものは全部始末した。

テレビや新聞はほとんど見ない。

「俺の死んだあとの世の中がどうなろうと、知ったことか」

ニュースにまるで関心がなくなった。

薬は毎食後、浴びるように飲む。

「薬の副作用が出るまで、生きていたいもんだ」

不貞腐《ふてくさ》れはしなかったが、笑うことにも怒ることにも気の入らない淋しさがあった。

北村の呼吸はすべて、小さなため息だった。

「お父さん、八幡様のお参り、つきあって下さい。お願いします」

「この寒いのに？」

龍之介は真面目な青年に育っている。が、真面目な分だけ儀式ばることが好きである。

成人の日は朝から冷たい雨が降っていた。この冬一番の寒さだった。

神官が唱える長い祝詞《のりと》を聞いてる間の寒さと言ったらなかった。拝殿を風が音をたてて吹き抜ける。針のような冷気が背中から心臓をつらぬく。心臓が痛い。やさしい父親を演《や》ってみせるのも命がけだ。龍之介は気が張って寒さも感じないようだが、北村と今日子と桃子は歯の根の合わぬほどに震えあがっていた。

参拝のあと、写真館に行き、わざわざ和服に着がえて、家族四人の写真を撮った。

紋付き袴姿の龍之介はひきつづき、単独で、成人式の記念写真を撮っている。そのふっくらと丸みをおびた血色のいい頬を見ていると、羨ましいやら、憎らしいやら、北村は複雑な気持になった。

北村は自分の成人の日を思い出した。やはり雨が降っていた。晴れ着の若い男女が雨宿りをするように店に入って来る。「いらっしゃいませ」と言ってドアを開ける北村は喫茶店のドアボーイだった。見上げる空は果てしもなく灰色だった。

「お前、すこし痩せたらどうだ」

「無理です。この環境では」

親の忠告を聞きながし、龍之介は明るく笑うばかりだ。苦労というものを知らない。写真を撮ったあとはレストランで食事だ。デザートの時間になると、店の人たちが頼みもしないのに、ケーキに火のついたローソクを立てて運んで来てくれる。贅沢この上なしだ。

全く龍之介の言う通りだ。この環境では痩せろと言っても無理だろう。しかし、北村は、これで良いと思った。こんな家族をつくりたかったのだと。幼い日に失ったままでいた安楽を今とりかえしているのだと。

《遺言のこと》

私と結婚し、子らを産み育て、家を守りぬき、人生の大半を私のために費やしてくれた妻今日子に、感謝の想いを込めて、以下のことを託す。

一、私が死んだら、この家も、その他のものも、今あるものはすべて、今日子のものだ。
今日子が相続するというより、今日子が管理すると言った方が正しい。

この家は、私が満洲牡丹江のわが家を追われてから三十四年かかって、やっとたどり着いた安住の場所だ。永遠に手放さないでほしい。この町のこの家を、わが家の出発点としたいからだ。この家は財産ではない。心の拠《よ》り所なのだ。みんなのものだ。失《な》くしてはいけない。

税金を払い、この家を維持して行くための費用をはずしてのち、残ったものを、どう処分し、どう分配しようと今日子の意のままである。


電話が鳴った。真帆子だった。

「順さまはやっぱり死ぬ運命だったんだわ」

「どういうことだい。藪から棒に」

「私のお腹に子供が出来てましたの。あなたは私にこの子を遺して死ぬ筈だったんだわ」

「なに、子供が出来た?」

北村は思わず叫んでしまった。

「私、産ませていただきます」

「堕ろせよ。なんで堕ろさないんだ」

「そんな人殺しみたいなこと出来ません」

子供が生まれたら、父親などすぐにわかる。醜聞《スキャンダル》。認知。家庭不和。ああ、もうダメだ、目茶苦茶だ。安楽が音をたてて崩れてゆく。目の前が真っ暗になり、北村は気が遠くなった。

なだめてもすかしても、真帆子は言うことをきいてくれない。北村はただオロオロと、狼狽《うろた》えていた。

「お前は俺と一緒に死んでもいいって言ったじゃないか。死ぬ筈の女がなんで子供を産む必要があるんだ。おかしいじゃないか。矛盾してるじゃないか。堕ろしてくれよ。頼むから」

北村は涙声で哀願した。

「あなたにご迷惑はかけません。子供が出来ると、女は狂うのね。産みたいんです。猛烈に産みたいんです」

真帆子の声は低く落ちついている。まるで別人のようだった。

「裏切者！」

北村は真帆子を殺してやりたいと思った。

遺言は一から出直しだ。子供がもう一人出来たのだ。とぼけたいが、そんなことが出来るわけがない。


二月初め、北村は横浜RC病院に入院した。

十日たって、カテーテル焼灼手術《アブレーション》の日が来た。

やらずに済む方法はないのか。北村の前には四つのコースが待っていた。運を天にまかすしかない。
1、薬が効いていて、誘発しても発作が起きないか、起きても、薬で止められる、クスリコース。
2、発作が起きて、焼灼手術《アブレーション》に入り、それが成功する、大成功コース。
3、発作は起きたが、焼灼手術《アブレーション》は失敗し、骨折り損のくたびれ儲けコース。

4、発作が起きて、そのまま死ぬか、焼灼手術《アブレーション》の失敗が原因で死ぬかの、昇天コース。
北村の心筋梗塞の傷あとは古くて、しかも深い。名医と言われるM先生も出来るなら、第一のコースで終りたいと考えているようだった。北村もそれが希《のぞ》みである。もう、この程度の元気さで十分だった。とにかく生きていたかった。

「音楽を変えてくれますか」

カテーテル室の音楽が気に入らない。

北村はわざわざ看護婦を病室にまで取りに行かせ、自分の好きなCDに変えてもらった。

ハイフェッツのヴァイオリン小品集。

いきなり『ツィゴイネルワイゼン』の冒頭のテュッティが鳴った。

(ちょっと俗だったかな)

と北村はちらりと反省した。

しかし、ハイフェッツの官能的な音色を聞きながらなら、万が一死んだとしても悔いはないと思った。

「顔をおおいます」

北村の顔を緑のテントがすっぽりと包んだ。目を開けると、暗い緑一色だった。

主治医のM先生はブースの中で機械を操作していて、北村の体にカテーテルを押し込んでいるのは、三十代の若い医師である。

「何かあったら、あっさりと死なせて下さいね。電気仕掛けで生かすなんてことはしないで下さい。約束ですよ」

返事はなかった。

こんな風に、女の中に入ってしまえたらいいのに。北村は緑のテントの中で考えた。

「私の中に入っていらっしゃい」

女が男を迎え入れる時、仰向けに寝て、胸を張り、微笑をうかべて、ゆっくりと脚を開いてゆく時、女はこの時が一番美しいと、北村は思う。感動を込めて思う。緑の濃い茂みで入口を飾るこの洞窟の中に、この露のしたたる鍾乳洞の中に、頭から体ごとすっぽりともぐり込んでしまいたいといつも思う。波打ちうねる肉壁に押しつぶされて、窒息死してしまいたいと思う。真っ裸で、露にまみれて、天を仰ぎ、乳房の形をした鍾乳石にむしゃぶりつきながら死ねたら、どんなに幸福であろう。

象に死の谷があるように、男にも安楽死の場所があっていい。

軽い高速頻拍が来た。脈拍数百五十くらいだろうか。死の恐怖はない。そして、それはすぐに止まった。薬が効いているのだ。

ハイフェッツは『序奏とロンドカプリチオーソ』の終りのあたりを弾いている。が、誘発されて発作が起きたということは、焼灼手術《アブレーション》をやるのだろうか。いやだ、やってほしくない、北村は天に祈る思いだった。

（あの人がまだ生きている。なのに、この俺が死ねるか。死んでたまるか）

北村は兄の狡猾《こうかつ》そうな眼を思い出した。人の心をつい油断させる、可愛げのある笑顔のとぎれとぎれに見せる、笑っていない眼を。

ちょっと弟に甘えただけさ、と兄はうそぶくかもしれない。が、弟は、許した甘えの責任をとるのに十五年かかった。

昔は面倒見てやったではないか。俺はお前の父がわりだったではないか、と兄は胸をそらすかもしれない。が、その恩返しは、生き血を吸われるようにして過ごした十五年間で勘弁してもらいたかった。

（俺は絶対にあの人より先に死なない。それではあまりに悔しいではないか）

北村は、安楽を守るためならば、兄弟の情を断ち切れる男だった。そのくせ、一日に一度、兄のことを思わない日はない。だから、憎むのだ。

(憎むエネルギーがあるかぎり、俺はまだ生きてゆける)

北村にとっての、兄の存在理由とは、まさにそういうことだった。

「眠ってましたか?」

緑のテントの幕が開いて、M先生の、円《つぶら》なと呼んでいい黒い眼がのぞいている。

事前に飲まされていた睡眠薬が効いたらしく、北村はうたた寝をしていた。

「焼灼手術《アブレーシヨン》はしません。誘発してみて、焦点《フオーカス》が二つあることがわかりましたが、薬で止まりましたからね。ここで無理はしません。いいですね」

もちろんである。北村の運命は第一コースに決ったのだ。

「これで一生いけますよ。当り前ですか、ハハハ」

M先生は自分の冗談に笑った。

いくつで死んでも、一生は一生に違いない。

一、私が死んだあと、誰かが何かを要求してきても一切応じる必要はない。私には隠し財産もないが、秘密の借金もない。保証人の印を押したこともない。口約束をしたおぼえもない。あの日の、今日子との誓いに一度たりとも背いていない。

「あなたはやっぱり助かる運命だったんだわ」

電話のむこうで、真帆子がまた、藪から棒に言った。

「私、子供出来ておりませんでした」

「どういうことなんだ。いい加減にしろよ」

北村はへなへなと崩れそうになった。

「私、妊娠検査薬のやり方を間違えてたらしいの。お医者にいったら、なんでもなかった。生理が遅れていただけなの。異常にね」

「生理来たの？」

「今、生理よ」

「コングラチュレーション。万歳だね」

「そんなに嬉しいの」

「ああ。真帆子、俺、パイプカットするからな。金輪際、あなたの子供が出来た、なんて言葉は聞きたくないからさ」

「そういう愛し方ってあるの？」

「あるさ」

「卑怯者！」

一声叫んだきり、あとは何も言わなかった。

北村もしばらく無言。そして、電話を切った。

卑怯者とののしられようと、臆病者とさげすまれようと、北村はこの安楽を守り抜かねばならないのだ。真帆子に子供が出来てなかったとはなんという嬉しさだろう。ぎりぎりセーフのところで、パイプカットをしてしまうのだ。子供の出来る可能性を完璧に封じてしまうのだ。もうトラブルはどんなささいなものでも避けて通りたかった。

「俺、パイプカットするよ」

信じられないと言った表情で、今日子は北村の顔をまじまじと見た。

「セックスの出来ない体なのに、なんでパイプカットする必要があるの」

今日子は両手をひろげ、空を見上げ、外国人のように肩をすくめてみせた。

「人間うっかりする時もあるさ」

「私の上に、うっかり乗っちゃうとか。あなた私にもう一人子供が出来るの、怖いんでしょう。そうだと言いなさいな」

「まあまあ、おさえて。そのうっかりした時には心おきなくやりたいじゃないか」

「心おきなくねえ。エイズ、気をつけてよ」

「この入院中に、ここでやってしまうからね」

「随分急ぐのね。どうぞ、お好きなように。あなたの体ですから。じゃ、私、帰ります」

ドアを開け、ふと考えごとをした感じでふり返り、今日子は笑いながら言った。

「あなたの夢見る根性には恐れ入ったわよ」

夢見る根性か、なかなか上手いことを言うな、と北村は感心しつつ、右手でバイバイをした。

今この現在の平穏な生活は北村にとって、かけがえのないものだった。悲しい想い出と、とりかえしのつかぬ過ちが作りなす鎖の先にあやうくぶら下っている宝石だった。完全犯罪の盗みを働き、時効に持ちこみ、やっとわがものにした宝石だった。見た目の美しさに変りはないが、舐めればきっと、苦い味がするだろう。

この安楽で永遠に家族を包んでいたい。家族は彼にとって生甲斐そのものだから。家族のためなら、心も売る、芸も売る、なんだって売る。敵対するものがあるなら、体を張って守ってみせる。家族のためなら、命だって投げ出す用意がある。

が、しかし、家族より、もっと大事なものが北村にはあるのだ。魂の自由である。

夢見る自由、愛する自由、旅する自由、遊ぶ自由、死ぬ自由。この魂の自由は北村が生きるために、なくてはならない空気だった。

一、私が死んだら、家で死のうと外で死のうと、まずは私の部屋の『貿易風』の絵の二人の乙女の下で休ませておくれ。ほんのしばらくでいい。あそこが私の一番好きな場所だ。それで思い残すことはない。密葬も告別式もすべてZ寺でやってくれればいい。葬式向きに家の中を変えることは希まない。私が生きていた時のまま、普段生活しているままであってほしい。私の魂はしばし、そこで遊ぶのだから。
一、私が死んだら、音楽なんかいらない。モーツァルトもマーラーもいらない。読経の声と静けさがあればいい。間違っても、私の作った歌を流すなんてことはしないでほしい。何者でもない自分にかえって死にたい。

この世のことはすべて、ひとときの幻かもしれない。人との出逢いも別れも、結婚も災難も、自分の誕生や死でさえ、夢の中のことかもしれない。この現実世界の出来事をはるかな空の高みから見下ろしている。自分の中のもう一人の自分がいる。それは自分が生まれる前からそこにいたようであり、自分が死んだあともそこにいつづけるような、絶対の自分である。この自分をどこまでも遠く連れていってくれそうな、もう一人の自分。金色の翼を持つもの。

「あなたの夢見る根性には恐れ入ったわよ」

と今日子に言われた時、北村の胸は何かあたたかいもので包まれた。妻に自分が理解されているに違いないという歓びだった。

「痛、痛いぃ！」

気を失いかねないような、火で焼かれるような痛みが睾丸を包んだ。

「ちょっと浸みましたか。院内感染が心配ですからね。強い消毒液なんですよ」

陰金《いんきん》にタムシチンキを塗りつけたよりもっと痛い。唐がらしを摺《す》り込んだようだった。

北村は全身を布カバーでおおわれ、目にも布をおかれ、たった一ヶ所、オチンチンだけを人目にさらしている。それもちぢみあがって芋虫のようになったみじめなものをだ。毛も剃られてしまっている。

「では、麻酔を打ちます。二本打ちます。チクリとしますよ」

「いたったったあ！」

「痛いですか？」

「痛いですよ。急所ですもの」

手術室に笑いがながれた。

「右左二十分ずつ、四十分で終ります」

泌尿器科のI先生は、丸顔に似合いのよくひびく声で話しながら、手術を進めてゆく。

「北村さん、人一倍精力が強いといけませんからね。しっかりと二ツ折りにしてしばっておきましょう」

落ちてくるチンポの先をひょい、ひょいと人差し指ではじきながら、仕事をしているようだ。なんだか、看護婦たちがみんな笑っているような気がする。

「ねぇ先生、行き場を失くした精虫はどうなるんですか？」

「自然に破壊されてしまうんですよ。たまったりしませんから、大丈夫です。でも、手術したからって、すぐに安心してはいけませんよ。十回くらい射精しないと精管の中に精虫が残ってますからね」

「十回も射精したら、こっちが死んでしまいます」

「そうでしたね。まぁ、精虫はいずれ死滅します。二ヶ月たったら、オナニーをやって、射精した精液を持って来て下さい。顕微鏡で見て、精虫がいなかったらオーケーです」

よくしゃべる先生だ。恥しさを紛らわすには誠に都合が良い。

「はい、終りました。これ、北村さん、あなたの精管の切れはしです」

小さな壜のアルコールの中に、赤黒いビーズのようなものが二コ入っていた。

「奥さんに、お土産にしませんか」

「いや、結構です。捨てて下さい」

「これで、余計なストレスがなくなって、お体にはいいかもしれませんね。今日は、おうちの方はいらしてますか？」

「あなたのプライベイトなことだからと言って、今日にかぎって、カミさん、来てくれないんです」

また室内に笑いが起こった。

北村はこうして、安楽を失うことなく、快楽だけを得ようとする卑怯者になったのである。見かけは男の体だが、オスでもなくメスでもない、勃起して射精するだけの、肉の棒を持ったセックス人形に。

北村は退院した。六時間おきに飲む大量の薬を手土産に、そして、睾丸の左右の頰に絆創膏を貼られて。

この六時間おきというのがつらい。まとめて眠れない。だから、いつも睡《ねむ》い。薬を飲むたびに、これじゃあロボットではないか、まるで電池を交換するみたいだと思う。散歩をしても、仕事をしても、何をやっても、三十分たったら休憩をとるという、ソロソロ運転の生活が始まった。

「あなたにはやっぱり、私が必要なんだわ。私、ようく、わかりました」

真帆子は少し大人になったような声で言う。

「何がわかったんだ？　玩具《おもちゃ》は何も考えないんじゃなかったのか？」

「玩具だからわかったんです。私は、あなたの痛みをひきうける者、なんです。あなたは私に痛みを転嫁することで、自分の痛みを消そうとなさっているんだわ。私がいなかったら、あなたは痛みで膨れ上がって破裂してしまうかもしれない。私はあなたの痛みを吸いとる海綿。海綿で出来た玩具なの。私はあなたの痛みをうけ入れて、たっぷり膨らむの。お尻が真っ赤に腫《は》れ上がるんだわ」

「ひきうけた痛みの量ほどには幸福になれないよ」

「いいの、楽しければ。私の痛みの先には恍惚があるんですもの。ただ、あなたが卑怯なだけですわ。卑怯者よ、あなたは」

「お前には俺が必要なのか」

「必要です」

「どうして？」

「安らぎのため」

「………」

「そう、私が嘘つきだから。情容赦なく、拷問にかける必要があるんです。どんな軽蔑にもどんな侮辱にも値しないほど、私が品性下劣な悪い女だからなんです。私は上品の皮をかぶった色情狂です。そのことをあなたは私に教えてくれるのです。私が、蛇よりも陰険で、蜘蛛《くも》よりも邪悪で、海鼠《なまこ》よりも醜怪で、蠍《さそり》よりも猛毒だってことを。私は、あなたのお蔭で、本当の自分自身に対面するのです。恍惚って自己との対面なんだわ、きっと。私はすっかりゲロして、安らぎの中で眠るのです」

「お前は俺のこと好きなのかい？」

「好きです」

「どうして？」

「あなたも最低だからです」

「俺を玩具にしてくれるか？」

「あなたを玩具にしてあげるわ。私の命令で鞭をふるう玩具に。さあ、順！　私をぶちなさいって、今日から、私が命令するの」

「見下ろす男でもいいのかい？」

「見下げはてた奴に侮辱されるから一層、気持いいんだわ。わかるでしょう、順」
一、私が死んだら、時々は、墓に遊びに来ておくれ。Z寺のわが家の墓のある、あの場所は私も大好きだ。墓石には、酒ではなしに、ペリエでもかけてもらおうか。

朝から、鴉《からす》がうるさい。

「いやあねぇ、ゴミの日でもないのに」

今日子が窓を開けた。

「あら、鴉が喧嘩してるわ」

北村も窓からのぞいて見た。

家の裏庭で、二羽の鴉が組み合っている。土の上に寝っころがって、羽をばたつかせながら、互いの嘴《くちばし》をからめ合い、喉首のあたりを咬《か》み合っている。

「交尾してるんだよ」

「鴉の交尾なの？　初めて見たわ。猥褻な声だこと」

鴉の声は息も絶えいるような、みだりがましいものだった。それにしてもうるさい。

北村は窓から身を乗り出して、あたりを見た。すると、なんといるわいるわ、あっちにもこっちにも、鴉が番《つがい》になって寝そべっている。

みな一様に、羽をばたつかせ、嘴をからませ、首を咬み合っている。春の陽差しが燦々《さんさん》とふりそそぐ裏庭の土はきれいに乾いていて、そこに寝そべる鴉たちは、気持いいいと、命の歌をうたっているかのようだった。

「鴉で思い出したけど、昨晩、いやな夢を見たわ」

今日子は北村の顔を見ないで言った。

「話さなくていいよ」

「話すわ。あなたのことですもの」

「俺がどうかしたか?」

「あなたが死神と交尾しているのよ。あなたの相手が白髪のやせこけた老婆だってことは私の目にはちゃんと見えているんだけど、あなたは若くて綺麗な女だと思い込んでいるの。その女と離れなさい、その女は死神よって、私がいくら言っても、あなたは止めないの。青黒い死相のただよった顔をあげたかと思うと、あなた、私を見てにやりと笑うの」

「それで、どうした?」

「私は、この死神め、殺してやるって叫んで、老婆を突きたおしてやったわ」

「そしたら?」

「パッとフラッシュのような光が一瞬ひろがって、目の前が真っ白。それでおしまい」

話はそれっきりであった。

「桜が狂い咲きしそうなお天気だわね」とつぶやきながら、コートの袖に腕を通し、

「あなた、携帯電話いつも生かしておいて下さいね。連絡がとれると思うと安心ですから」

夫の背中にひと声かけて、今日子は買い物に出ていった。

北村は百二十日ぶりに東京へ出た。仕事は口実、真の目的は真帆子に逢うことだった。いつ発作を起こすかわからない体なのに、それでもなお女を抱かずにいられない自分の愚かさが、一体どこから来るのか、北村にも説明がつかない。

今日子は本当に、死神の夢を見たのだろうか。

北村は今日子を疑いつつ、ホテルの部屋の鏡の中をのぞき込んでみる。そこには頬のこけた顔色の悪い中年男がどんよりと映っている。

「今日子が真帆子を殺し、真帆子が俺を殺し、俺は……俺は本当に死んでしまう」

そんな考えがちらっと頭をよぎった。

ふりむけば、目の前のベッドの上で二人の女が戯れ合っている。それは二羽の白い鴉が交尾しているかのようだった。唇を吸いあい、首を舐めあい、みだりがましく泣いている。

薄暗がりの中を透し見ながら、北村は少年の日を想い出す。八歳の時、満洲から祖国日本へ帰る、引き揚げ船の船底で見た光景がまざまざとよみがえる。

夜中、苦しげなうめき声を聞いて少年は目覚めた。うめき声は一人のものではなかった。右からも左からも聞こえてきた。少年は立ち上がった。そして見たものは、重なりあった男と女の姿だった。奈落のような、広い船底の薄暗がりを透し見ると、あっちにもこっちにも、交尾する人間の番《つがい》が蠢《うごめ》いていた。少年は身動きも出来なかった。船底を揺るがす地鳴りのようなエンジンの音が、北村の体を震わせていた。

携帯電話のベルの音で北村は我に返った。

「私、今日子です。そろそろ、お薬の時間ですよ。ちゃんと飲んで下さいね」

「今、飲むところ」

「あなた、大丈夫、お体？」

「大丈夫と思うよ」

「あなたの死に場所はお家ですからね。間違えちゃダメよ」

「わかってるよ」

ちょっと遠くまで遊びに行った子供を心配する母のような今日子の声だった。北村は母の気遣いに拗《す》ねてみせる子供のような口吻《こうふん》で応えた。

ペリエで薬を飲み、北村は携帯電話の電源をしっかりと切った。

ベッドの上で抱きあっている二つの女体は、北村を魅惑してやまぬ『貿易風』の絵の中の乙女たちのようでもあった。南国の湖のほとり、美しい乙女と乙女が愛《いと》しみあっている。二人はすすり泣き、その声は草花をゆするそよ風とからまりあう。なんという静けさだ。

上になり下になり、もぐり込みそり返り、むせび泣き忍び泣く二人の女のいずれが真帆子なのか、北村には見分けがつかない。真帆子が犬の首輪をつけていないから。

絵の中にわが身も入れてしまおうと、北村は立ち上がり、服を脱ぎはじめた。

首輪は、北村が嵌めている。

＊本作品は一九九三年、「オール讀物」五月号に掲載されました。この作品はフィクションであり、実在の人物・団体とは一切関係ありません。

奥様の冒険

1

喜びは風のごとく一瞬にしてかき消え、怒りは埋火《うずみび》となってくすぶりつづける。哀しみのタネは日々つきることなく、楽しみは夜布団に入って寝ることだけ。人生なんて無情だ。桜子はつくづくそう思うのだった。だってそうではないか。これを無情と呼ばなくていったいなにを無情と呼ぶのか。こともあろうに、隣にカラオケ教室が引っ越してきたんだぞ。

今日もまた聞こえてくる、壁一つ隔てた隣から下品で下手くそな歌が。このマンションは鉄筋コンクリートなのだが、なにせ向こうはマイクを使っているものだから、その歌声は相当に分厚いはずの壁を貫いて手に取るように伝わってくる。

私バカよね　おバカさんよね

「なにが私バカよねだ。お前以外のバカがこの世のどこにいる」

桜子は髪かきむしって立ち上がり、履いているスリッパをむしり取るなり、隣との境になっている壁に向かって投げつけた。

「うるさい！　騒音公害だ。訴えてやる」

もう一方のスリッパも投げた。

ほかになにか投げるものはないかと探したが適当なものがないと分かると、腕を振り上げ足を上げ、床を踏み鳴らして部屋の中を歩き回った。

壁の向こう側ではカラオケのレッスンをやっている。途中で止まったり、同じところを繰り返したりする。声の主は誰かに教えられていると見えて、はい、はい、と丁寧な返事をしてはまた歌い出す。やたら大きな声を出したり、余計な小節をつけてみたり、聞いているともう気が狂いそうになる。

桜子は両手で耳をふさぎ、ダイニングテーブルの椅子にへたりこんだ。

大きな窓の向こうの西の空には東京タワーが見える。窓から東京タワーが見えればこそ、桜子はこの部屋をわが家と決め、そして気に入ってもいたのだが、今となってはそれを見るだけで怒りの炎がめらめらと燃え上がる。東京タワーに魅せられたばっかりにこんな不運に出会ったんだ。なんて私はバカなんだ、バカバカ！　桜子は自分の頭をたたいた。

泣く気力もなく、肩を落としてしょんぼりとしていた。ややあって桜子は立ち上がると、壁にかかった鏡のほうへ歩みよった。鏡の中の自分の姿をしっかり見ようとして顔を鏡にぐっと近づけた。そこには髪をぼさぼさに振り乱し、化粧気のない顔にど近眼のメガネをかけた中年女がいた。年齢はまだ三十九だが、おばさんであることには変わりない。

そんなわれとわが身を見てしまうと、怒りも萎えるのだった。自分のような女がそこそこいい男と出会って結婚し、こうして東京タワーの見えるマンションで暮らせるなんてことは実は物凄い幸運なことかもしれないと。

しかしまだローンはたっぷりと残ってはいる。それを思うと桜子はまた悲しくなる。隣に引っ越してきた人間が気に食わないからといってどこかへ移転することはできないのだ。ローンを払うための助けになるだろうと思い内職もやっている。要するにがんじがらめなのだ。そんなどうにもならない弱い身をさらに苛めるようにカラオケの歌が襲ってくる。泣きっ面に蜂とはこのことだ。

でもここは曲がりなりにも自分の家だ。この家を守るためには少しでも多く稼ごう。桜子はそう自分に言い聞かせ、涙をこらえて仕事に戻った。椅子に坐り、鉛筆をとり、テーブルの上のテープレコーダーのスイッチを入れた。

「自分の顔は棚に上げて、人のことをうんぬんする資格がいったい誰にあるのでしょう。なんだ、あの面は！　スゲエブス。こんなことを言う人は権力志向のファシストです」

出てきたのは美輪明宏の声である。

「誰だって、好きでまずい顔に生まれてきたわけではないのです。その顔の裏には、生まれてこの方味わってきた屈辱の歴史がこめられているのです」

そうだ、美輪明宏の言うとおりだ、自分の人生も屈辱の歴史だった、と桜子は今更のように思うのだった。

桜子の内職はテープ・リライター、座談会、対談、インタビュー、講演などを収録したテープを聞いて原稿に書き起こす仕事である。六十分テープ一本を書き起こして二万円、といえば割のいい仕事に聞こえるが、それをやるには六時間から八時間かかる。夜寝ないで頑張ってもテープ二本が精一杯である。この美輪明宏のインタビューのテープ三本はあと三日であげなくてはならない。桜子は耳に神経を集中してテープレコーダーの音を聞こうとするのだが……。

私バカよね　おバカさんよね

隣のカラオケ教室の歌はまだつづいている。これでは仕事にもなにもなりはしない。桜子はテープを止めると鉛筆を投げ出し、両耳に指をつっこんだ。

隣の住人が越してきたのは三週間前のことだった。引っ越しの様子を見ていて、ピアノやらオーディオセットやら普通の家にしては家財道具が多いな、と桜子は思ったものだが、案の定、引っ越しの終った隣の部屋の玄関ドアには「ヴォイストレーナーズ音楽院」という表札がかかった。

表札の意味するところは三日もしたら分かった。早い話がカラオケ教室で、生徒にカラオケの歌い方を指導する商売なのである。どうやら隣の家の主人がその先生であるらしかった。大変な繁盛ぶりで人の出入りが絶えない。時々、テレビで見たことのあるスターがやってくることもある。が、とにかくうるさい。朝から晩までピアノ伴奏ないしはカラオケで歌謡曲を歌いつづける。歌っているのはほとんどが中年の男、相当に上手いのだが、上手く歌われるとなぜかむしょうに腹が立つ。

一週間経った頃、桜子は隣を訪ね、師範代の山崎と名乗る中年男を廊下に引っ張り出し苦情を言ってみたが、蛙の面になんとかで全然聞く耳を持たない。それどころか、

「レッスンを受けたいとおっしゃるのでしたら楽院長に安くするように言っておきますよ。ご近所のよしみで」

などと言って山崎は入門案内書をくれた。そこには楽院長笠ノ場強と書いてあった。

二週間経った頃、こんどは案内書に書いてある電話番号に電話をかけ、楽院長の笠ノ場という男と電話でやり合った。

「もう少し音を小さくするとか、なにか方法はないんですか」

「こちらも商売ですから。それに第一、音を小さくしたんじゃマイクを使っている意味がない。つまり私はマイクの使い方も教えているわけですから」

「それはそっちの勝手でしょう。私に平穏な生活を返してください」

「夜は静かにしているでしょうが」

「昼間もです」

「ここは都会ですよ。色んな人が生きていれば色んな音がするのも当然でしょう。ま、我慢していただくしかないですな」

笠ノ場は電話を途中で切った。

あれから一週間経っている。桜子の堪忍袋もついに限界がきた。

「ンもう今日こそは決着をつけてやる！」

桜子は憤然として立ち上がり、サンダルをつっかけて部屋を出た。

隣の家のチャイムを鳴らした。

「はい」山崎がドアを開けた。

「ご主人と話がしたいんですけど」

「楽院長、また隣の奥さんですよ」

桜子が入ったところはレッスン室だった。ピアノ、カラオケセット、スピーカー、譜面台、黒板があり、一つの壁は一面大きな鏡になっている。一人の男がマイクを握り神妙な顔をして立っていて、その前のアームチェアーから初老の男が立ち上がった。

「あなたが笠ノ場強さん？」

「そうですが」

頭髪はすでに薄くなっていて腹も出ている。顔だってそう人相がいいと言うほどのものでもない。なんとなくいかがわしい感じの男だ。

「うるさくて仕事も手につかないんです。それに、私、この歌が大嫌いなんです」

桜子の言葉には東北弁の訛りがあった。おずおずとした態度はそのせいだった。

「奥さん、あんた、そんなに歌が嫌いなんですか」

笠ノ場は薄い笑いを浮かべて言う。

「いいえ。私、歌は好きです」

「それならいいじゃないですか」

「それとこれとは別です。もうノイローゼになりそう」

桜子はべそをかいていた。

「ま、ま、そう怒らないで。泣かないで。奥さん、メガネの奥の瞳に涙を浮かべないでください。こんな可愛らしい赤いチャンチャンコなんか着ちゃって」

笠ノ場は桜子の肩に手をおいた。

「馴々しくしないで」

桜子は笠ノ場の手をはらった。桜子は喧嘩腰である。笠ノ場は冷ややかに桜子を上から下までねめまわし、

「奥さん、あんた、そのチャンチャンコ似合うと思って着てる、んですよね」

「失礼ね。当たり前でしょう。このメガネとこのベストが……」

「ベスト？　チャンチャンコでしょう」

「ベストです。これが私に一番似合うんです。これが私なんです。私らしいんです」

「私って誰のこと？」

「私って……ここにいるこの私よ」

「私たって、ただのおばさん……」

笠ノ場はちょっとせせら笑った。

「失礼な。この助平じじい」

「ところで奥さん、あんた、カラオケで歌ったことある？　ない？」

「カラオケなんか大嫌い」

「でしょうな。でもねえ、一度カラオケでもやってちょっと変身してみたら」

「変身？　それはどういうことですか」

「変身。ヘンシーン！　自分以外のもう一人の人間になるんですよ」

「余計なお世話です。話を逸らさないで。とにかく以前の静かな生活を返してください」

「出ていけというんですか。人の生存権を侵害する権利はあんたにないはずですよ」

「なによ急に開き直ったりして。あんたこそ私の幸福な生活を破壊してるんですよ」

「都会がイヤなら田舎へ帰りなさいよ。東北弁丸出しの田舎っぺ！」

「詐欺師！」

「ブス！」

「悪魔！」

鉄のドアを乱暴に閉めて帰ってきたら、電話が鳴った。出ると編集プロダクションからの催促だ。美輪明宏のインタビューを一日早くあげろという。

「そんなの無理です」

受話器を置くのも乱暴だった。

日が暮れたらやっと静かになった。

遅れを取り戻そうと、桜子はやっきになってテープと取り組んだ。

十一時近く、夫の太郎兵衛が帰ってきた。

「ただいま、桜子」

「お帰りなさい。お風呂入れるわよ」

「本日の宅配個数は百三十五個、チャイムを鳴らした家は八十軒。いよいよ年の暮れだ。忙しい」

太郎兵衛の仕事は宅配便の正式配達員である。帰宅すると必ず一日の記録を妻に報告する。特別な意味はないのだが。

太郎兵衛は軽く風呂に入ってそそくさとベッドに入った。桜子も急いで風呂をつかい湯気の立つ身体で夫の横に滑りこんだ。

「ねえ、太郎兵衛さん」

「太郎兵衛さんはよせって言ってるだろう。お前はいいよ、桜子なんて洒落た名前だからさ。俺の名前は太郎兵衛だよ、太郎兵衛。頼むからほかの呼び方を考えてくれ。ダーリンとか、ハニーとかさ」

「それじゃあ、ハニー」

「なんだい、ダーリン」

「隣のカラオケ教室なんだけどさあ、そりゃあうるさいんだよ」

「前にも聞いたよ」

「あんたは昼間いないから分からないだろうけどさ」

「うるさいな。俺は疲れてるんだ。寝かせてくれよ」

「寝る前にすることがあるでしょう」

「そんなもの知らねえよ」

「おやすみのキッス」

「よせよ。結婚して十五年になるんだぜ」

「結婚して十五年になるのに、まだ子供ができないなんて変じゃなあい」

「そのうちできるよ」

「なにもしなくてもできるものなの」

「なにもしなくても、できる時はできるよ」

太郎兵衛は背を向けた。

桜子はしぶしぶパジャマを着、その上にガウンをはおって仕事のテーブルに向かった。

テープレコーダーのスイッチを入れると、美輪明宏が言う。

「結婚をね、いつでも好きな時にセックスできる定期券を手に入れたようなもんだ、なんて考えたらそうは問屋が卸しません。どんなおいしい料理でも、毎日食べれば飽きてしまいます。見るのもイヤになる場合だってあるのです」

桜子は寝室のほうに向かってつぶやいた。

「要するに太郎兵衛さんは私に飽きたってわけ？　私は、全然、飽きてないんだけどねえ」

桜子の背後にある窓の向こうにはライトアップされた東京タワーがオレンジ色に輝いている。

2

今日も隣のカラオケ教室はひっきりなしに歌いつづける。その騒音の中で桜子は仕事をする。うるさいからといって耳に栓をしたらテープレコーダーの音が聞こえない。かといってテープの音をバカでかくしたら気が立ってしかたがない。ひたすら精神を集中して仕事に取り組むしかないのだが、隣から伝わってくる音はそんな努力も空しいような一種の暴力であった。

「バカ！　死んじまえ」

隣との壁に向かって桜子は叫んだ。もう声も嗄《か》れていた。その時、チャイムが鳴った。

ドアの穴から覗いて見ると、目の前にあるのは隣の楽院長の顔だった。

「はい」桜子はドアを開け、「なんの用でしょう。喧嘩のつづきですか。それとも実態調査？　聞いてください、この騒音。物凄いと思いませんか」

ヴォイストレーナーズ音楽院の歌声は壁を貫いて桜子の家を震わせていた。

笠ノ場は部屋の中を見回しつつ、

「いや、これはかなりな騒音ですな」

「なによ、他人事《ひとごと》みたいに。これ、あんたがやってることなんですよ。あんたが加害者。私は被害者。分かってるんですか」

「ま、そう、大きな声を出さないで」

「大きな声を出さないと聞こえないでしょう」

「近い将来、極めて近い将来、わが音楽院は拡張して、教室を五階に移転します。で、四階つまり隣は事務所にしますから、それまでしばらくの間辛抱してください」

笠ノ場の態度は先日とうって変わっていた。

「こないだはちょっと言い過ぎました」

「どうなさったの、急に、気持悪いわ」

「いえなに、奥さんに、ちょっとお勧めしたいことがありましてね」

「なんでしょう」

「カラオケで歌ってみないかな、と思って」

「あーら、お宅は楽院長みずから御用聞きをなさるのかしら」

「違うんだよ。初めて会った時キラリとひらめいたものがあるんだ」

「そんな口説き文句には乗りません」

「誰があんたなんかを口説いたり……おっと失礼。そんなことではなくて、あんたの中には素晴らしいもう一人のあんたが隠れている、と私は直感した。しかしあんた自身はそれに気付いていないらしい。それを気付かせてあげたいんだ」

「こないだ言ってた変身てこと?」

「ま、そうですけど、本当の自分と出会うということかな」

「お生憎様、私は今の私が大好き。これが私、見たまんま」

「そのぼさぼさ頭に丸メガネ、赤いチャンチャンコ着たおばさ……」

「赤いベスト!」

「なんでもいいけど、そういう風に自分を殻に閉じ込めちゃってるあんたを見たら哀れをもよおしたんだよ」

「失礼ね。あんたなんかに同情される憶えはないわ」

「自分らしさなんてものは幻想でね。本当の自分はほかにあるのかもしれない。あんたのことを見てたらほうっておけない気持になったんだ」

「うるさい！　あんたは騒音で私の生活を壊した上にこんどは私の心の中にまで土足で上がり込もうってわけ。帰ってよ。そんな御託ならべてる暇があったら、少しでも音を小さくする工夫をなさいな」

桜子は笠ノ場を追い出した。ドアは激しい音をたてて閉まったが、ヘンシーンという余韻が残った。

廊下を遠ざかる笠ノ場の足音を聞きながら桜子はふと考えた。

変身？　私の中のもう一人の私？

桜子は無意識のうちに鏡のほうへ歩いていった。で、鏡の中を覗いた。

そこにいるのは、ぼさぼさ頭に丸メガネのいつもの自分だった。

これが本当の私だろうか、と考えた。

桜子は丸メガネをはずしてみた。鏡の中の顔は見慣れないものだった。これは私だろうかと自問し、これも私だと自答した。メガネをしてみる。またはずしてみる。どちらも私だけれど、両者が同じものだとはとても思えない。ぼさぼさの髪の毛をかき上げて額を出してみた。また下ろしてみた。こんなに感じが違うのにどうして同じ人間なはずがあろう。

自分の殻を脱ぐようにエイヤッとばかりに赤いベストを脱いでみた。なんともさわやかな空気が胸に入り込んできた。と同時にうそ寒いような心細さが襲ってきた。

本当の私はどこにいるのだろう。それを探すように桜子はグレイのセーターを脱いだ。シャツを脱いだ。Gパンを脱ぎ、下着を取り去って素裸になってしまった。

鏡の中に映る自分の姿を見ながら桜子は思った。これが正真正銘の私自身だ。多少中年肥りが始まってはいるけれど、脂の乗り切ったという言い方もできないではない。乳房は子供を産んでいないから崩れていないし、乳首だってピンクで可愛い。ヒップもまだそう垂れ下がってはいない。腰のくびれもある。顔だってまあまあではないか。なにやら誇らしい気分がこみあげてきた。

桜子はメガネをかけて口紅を引き、またメガネをはずし、様々にポーズをとって自分の裸に見とれた。

この身体にまとう衣裳によって自分というものは変化する。正確には変化しないのかもしれないが、変化しないと断言することはできない。とすると自分とはいったいなんだろう。笠ノ場の言うとおり、自分が自分と思っている自分なんてものは架空の自分なのかもしれないと桜子は考えた。ひょっとすると、本当の自分は自分自身気付かないもっとほかのところにあるのかもしれないし、本当の自分なんてものはないのかもしれない。

なにがなんだか分からなかったが、自分とはなんなのかよく分かってもいないくせに自分らしくしていようとすることは、ほとんどナンセンスに近いんじゃないかということは感じとれた。

隣のカラオケ教室では『時には娼婦のように』を歌っている。

桜子は寝室に駆け込み、出てきた時は、黒い靴下に赤いハイヒール、白い裸体に赤いガウンをまとっていた。

嫣然《えんぜん》と微笑みやおら歌いだした。

時には娼婦のように

淫らな女になりな

腰を振り、胸を突き出し、大きく脚を広げ、真っ赤な口をぱっくりと開けて、リビング狭しと歌い踊った。

自分というものを忘れたらなんでもできた。なんという解放感だろう。こんな淫らな感じの女が果たして私だろうか、とまた自問し、これもまた私自身にほかならないと自答した。

大胆なポーズを決めて歌い終った瞬間、誰もいない部屋の中で喝采が湧き上がった、ような気がしたが、そのあとにぞくっという寒さが襲ってきた。身の程知らずにも世間にたいして勝負を挑んでしまった空恐ろしさに震えたのである。自分のしていることが恥ずかしくなった。自分を見失ってはいけない。あわてて口紅をぬぐい、服を着、丸いメガネをかけた。桜子はいつものおどおどとした自分に戻った。それでふっと落ち着いた。で思った、自分らしさなんて習慣となった一種の仮面に過ぎないのではないか。本当の自分はもっと違うものかもしれないと。

「ただいま」

夜八時、太郎兵衛の帰宅だ。

「あら、今日は早いのね」

桜子は赤いガウンや靴下を寝室にほうりこんだ。

「隣、意外と静かじゃないか」

「お隣さん、今日はもう終ったのよ」

太郎兵衛の給料は基本給と歩合制になっていて、四十二、三の男性としての年収は一般サラリーマンよりいいかもしれない。太郎兵衛の勤める宅配便会社が年間に扱う荷物は約十億個で、配達員の数が三万人強。一人で年間三万個以上、つまり一日最低百個の荷物を配送することになる。早出、遅出のシフトが組まれているが、朝七時半出勤の早出の仕事が終って事務処理をし、トラックをきれいに洗って帰ってくるとこんな時間になる。

「本日の宅配個数は百三十三個、鳴らしたチャイムは七十軒だ。もうそろそろ暮れの書き入れ時だから、早く帰ってくるのは骨が折れるぜ」

休みの日以外、家で夕食をとるなんてことはない。大抵はコンビニ弁当で済ませている。家に帰ってもパタングーだ。たまに時間のある時は、ファミコンのレース・ゲームをやる。

太郎兵衛はレーサー志望だった。農家の三男だった彼は高校卒業後上京し、レーシング・クラブに所属して下働きをやって修業してみたが、給料がないから食っていけない。

しかたなくアルバイトとしてタクシーの運転手をやっているうちに、それが本職になってしまった。がタクシー不況でそこもすぐにリストラされ、でやむなく宅配便の配達員になったのだが、世はまさに宅配便時代に突入し、お陰でお台場にマンションを買える身分になったというわけだ。

「これこれ、こいつに挑戦したかったのよ。グランツーリスモ・コンセプト2001TOKYO」

太郎兵衛は、リアル・ドライブコックピットというレース・ゲーム専用の椅子に坐り込み、買ってきたばかりのソフトをプレステに入れ、正面のテレビ画面をにらみながらハンドルコントローラーを操作し始めた。

「ねえ、太郎兵衛さん」

桜子は恐る恐る太郎兵衛に話しかける。

「太郎兵衛って呼ぶなよ。何度言ったら分かるんだ。なんだよ。大事な用でなかったらあとにしてくれよ」

言葉はきついが顔は画面をみつめて笑っている。

「あんたもカラオケやるの」

「やらないよ、あんなもの」

太郎兵衛はにべもなかった。

「面白いのかなあ」

「面白いわけないだろう、人前で下手くそな歌うたったって。いやあ、この車、モーターショーで見た時から乗りたかったんだ。こいつに乗れるのか。嬉しいねえ……」

太郎兵衛ははや興奮気味である。

「なんだ、あんたはやんないのか。やるんだったら連れてってもらおうと思ったのにな」

「カラオケほどお前に似合わないものはないよ。やめとけ、やめとけ」

「やっぱりそうか」

「もとレーサー志望としては楽しみはこれだけ。もうあっち行けよ。邪魔すんなよ」

桜子はしぶしぶテーブルに向かってテープ起こしの仕事を始めた。

テープを回すと美輪明宏が言う。

「決断するにはどうするか。もし死ぬ時になって、あの時ああしとけばよかったと後悔するだろうか、それともしないだろうか、ということを考えるのが一番いい方法です」

桜子は手を止めて考えにふけった。

「変身、もう一人の私、本当の自分……。もしカラオケに行かなかったら、死ぬ時になって後悔するだろうか。いや、本当の自分に出会わなかったら、と考えるべきかもしれない」

となると結論は、「後悔する」だった。

翌日も翌々日も思い悩んだが、隣から壁越しに聞こえてくる歌は、桜子に歌え歌えとけしかけるのだった。

私バカよね、の『心のこり』は昭和五十年の大ヒット曲で、その頃桜子は十代の半ば、まだ高校生だった。隣のカラオケ教室の生徒がレッスンをするものだから、ここのところ毎日のように聞かされているが、この歌を聞くたび桜子は悲しい初恋を思い出す。

生まれ育った青森で、女癖が悪いと噂の高校の先輩に恋をして、学校や町の評判になって親に叱られた。が結局、男は東京の大学へ進学することを理由にあっさりと桜子を捨てた。歌の文句にあるように、悪い人だと知りながら、また本当にうしろ指をさされながらもささげつくした純情だった。

恋が終った時、感傷旅行のつもりで桜子は連絡船に乗った。が、デッキの上から霧にけむる津軽海峡を見ながら、桜子は心の底から後悔した。はかなく終った恋を後悔したのではない。旅する方向を間違ったと気が付いたのである。こんな旅をするくらいなら、なぜ男を追いかけて東京へ行かなかったのかと。とはいえ、函館に渡ってしまったら、もはや東京まで行く気力はなかった。

旅から帰った桜子はふさぎの虫に取り付かれた。本ばかり読んでいるものだから近眼はますますひどくなった。家は代々の酒の小売店で、その関係で宅配便を扱うようになっていた。高校を卒業した桜子は宅配センターに就職し、青森を脱出したい一心で東京転勤を実現させた。初恋の人との再会を夢見て上京したのだけれど、会っても彼は鼻もひっかけてくれず、

「東京にはきれいな女性がいっぱいいる」

とうそぶくのだった。

それ以来、桜子は声もまともに出ないような引っ込み思案になってしまった。

前髪を下ろし丸いメガネをかけるのは、できるだけ自分の顔を隠したいがためだった。赤いチャンチャンコを着、東北訛りの言葉を話し、ことさら田舎風にすることで都会の日陰に身を置こうとしているのだった。

そんな桜子に結婚を申し込んでくれたのが太郎兵衛である。派手な世界への憧れが挫折した時、人間は急に地味好みになったりするものだが、レーサーへの夢破れた太郎兵衛もその時、気分がうしろ向きになっていた。その屈折した心理が桜子との結婚を決意させた。二人の郷土が同じ青森ということで心許すものがあったことはあったろうが。

思い悩んで四日目、美輪明宏のテープ起こしも終った。

今日は遅出でしかも残業だから、帰りは十二時過ぎると太郎兵衛が言う。そこで桜子は訊いてみた。

「今夜、友達と食事しにいっていい？」

「ああ、いいよ」

「そのあと、ちょっと飲みにいってもいい？」

「浮気以外ならなにしてもいい」

夕方、桜子はヴォイストレーナーズ音楽院のチャイムを鳴らした。

いつもどおり師範代の山崎がドアを開け、

「また、苦情ですか」

「楽院長先生いらっしゃいますか」

レッスン中の音楽がぴたりと止まり、笠ノ場が出てきた。

「先生、私をカラオケに連れてってください」

桜子はおずおずと切り出した。

「ついに歌う決心がつきましたか」

「今日は見学だけですけど」

「喜んでお連れしましょう」

笠ノ場は大急ぎで上着を着ながら、急に大阪弁で、

「うちのカラオケはそんじょそこらのカラオケとは違いまっせ」

「カラオケ屋もやってるんですか」

「いや、ぼくのこれがね」と小指を出し、

「カラオケ劇場をやってるんだ」

「カラオケ劇場?」

「そう。ただのバーだけどね。名前はマスカレード。仮面舞踏会という意味だ。じゃ行こうか。おい、みんな、今日は店終いだ」

3

銀座六丁目、バーやクラブの看板で埋めつくされたビルの外階段を下り、地下一階突き当たりのドアを開けるとそこがカラオケ劇場マスカレードである。店内には大勢の客がいて、タバコの煙が渦巻いていた。

客たちは笠ノ場の顔を見ると、

「先生、どうぞこちらへ」一番いい席を譲る。

一緒に来た師範代の山崎は店に入るなり、マイクを取って司会者みたいにしゃべりだした。

「皆様お待ちかね、笠ノ場先生のご到着でございます」

店中大歓迎の拍手である。笠ノ場は鷹揚にお辞儀などしている。

「ねえ、みなさん、折角先生がおいでなのですから、久しぶりにカラオケ検定試験を始めたいと思いますが、いかがでしょう」

山崎が言うとまた拍手だ。

「それでは、われと思わんものはステージへどうぞ。最初の方は？　あ、岡さん、もちろんあの歌ですね。岡の小鳩か小鳩の岡か。一世を風靡した岡晴夫の名調子……」

西村小楽天を真似て山崎が紹介する。

「『啼くな小鳩よ』、岡一郎が歌います」

紹介された男はステージに立って歌いだした。

啼くな小鳩よ　心の妻よ
なまじ啼かれりゃ　未練がからむ

戦後すぐに流行った歌だ。男は岡晴夫のトレードマークである旅客船の船長の制服に身をかため帽子までかぶっている。歌も上手いが節回しも岡晴夫にそっくりである。歌う時の顔の傾げ方から笑顔まで、なにからなにまで実物に、とはいえ桜子はよく知らないのだが、似ていた。

左側にカウンター、右側がボックス席、奥は一段上がってステージ。映像を映すテレビモニターはない。客は全員ステージで歌う人を注視する仕掛けになっている。歌う人には照明が当てられる。カウンターの中で働くバーテンダーは酒を作ったり、カラオケの曲出しをしたり、照明係をやったりと大忙しである。酒をつぐためのホステスが数人いるにはいるが、客は静かに歌を聞いていてホステスとは話そうともしない。一見よく繁盛している酒場と変わらないのだが、なにかが違っていた。それはたぶん歌である。歌う人、聞く人、いずれもが歌というものにたいして真剣な思いを抱いている。それが熱気となって店内にみなぎっている。桜子は生まれて初めて見るカラオケバーというものに目を見張った。

笠ノ場が小声で言った。

「彼はね、名前はたまたま岡っていうんだけどね、生まれた子供に晴夫っていう名前をつけるほどの岡晴夫ファンなんだ。歌手になりたかったんだけどなれなくて商社マンとなり、日本の先兵として大いに活躍した。毎晩ここへ来て若き日の夢を追いかけてるんだ。まあ、こんなバカやってるもんだから、役員寸前で足踏みしてるんだけどね」

岡の歌が終ると、笠ノ場は立ち上がり、

「岡ちゃん、あんたの岡っぱるは日本一だね。ますますいい味が出てきた。岡ちゃんには本日カラオケ八段を進呈しよう」

偉そうに言った。客はみんな常連らしく、祝福の拍手を岡に送る。岡は嬉しそうにお辞儀をする。

次の曲の前奏が始まると、また山崎が出てきて、

「波また波、雲また雲よ、果てしなき大海原のただ中を……」

田端義夫の『かえり船』、歌前の長台詞を語る。ステージに上がって歌いだしたのは背広姿の小柄な男だが、歌いだすとなかなかの存在感があった。

　波の背の背に　揺られて揺れて
　月の潮路の　かえり船

笠ノ場が声をひそめて言う。

「この人は笹山さんていってね、大きな陶器会社の東京代表だ。しっとりとした歌いっぷりになんともいえない味わいがあるだろう。こういう風に歌は丁寧に歌うものだよ」

笠ノ場は腕組みして聞きほれている。

歌が終ると、

「笹やん、上手い。人生の味がある。たしか七段だったよね。今日で八段に進級だ」

「はい。ありがとうございました」

笹山は顔面を紅潮させ最敬礼する。

次から次とステージに上がる人がみんな上手い。世の中にこんなに大勢歌の上手い人がいたのかと桜子は驚いたが、それを笠ノ場はほとんど口から出まかせのように、五段、四段、三段、歌詞を間違えたり音程を外したものには、番外、など手厳しく点数をつけていく。歌った客たちは神妙な顔でそれを聞いている。

ここでは笠ノ場は神のごとき存在であった。

「なんで、みんなこんなに歌が好きなんでしょうね」桜子は訊いてみた。

すると笠ノ場は急に真顔になって、

「君、石川啄木のこんな詩を知ってるかい」

歌うようにつぶやいた。

「何故にさは歌うや。と我問いぬ。

夢の中にて。

その人は答えにけらく。

酔いしれし赤き笑いに、

泣くよりも——。

つまり人間歌っている振りをして泣いているということを啄木は見抜いていたんだな」

「泣きたい時は歌えばいいのね」

「そうさ。泣くことと歌うことはストレス解消という点で根は一つ、歌は涙の代償行為ともいえる。そして人前で歌うことは人前で泣くことと同じように恥ずかしい。その恥ずかしさがもう一つの快感になる」

「ああして歌っている人たちはみんな泣いているのかしら。そう思って見るとこのお店の中は相当に不気味な景色だわね」

「まったくそのとおり」

笠ノ場はあはっはっはっと口を開けて笑い、笑ったついでに水割りを流し込んだ。

「で、涙の中身はなんでしょう?」

「うーん」笠ノ場は考え込み、「夢破れし人生、夢叶いし人生、かな」

「どっちなんですか」

「どっちもだ。夢叶った人生を生きている人も、夢破れた人生を生きている人も、今ある自分の姿は眉唾もんだってことを知っているはずなんだ。あみだ籤みたいな沢山の分かれ道を右へ左へと選択して生きてきた結果なんだからさ、危ういもんなんだ。あの時もしあの道を選んでいなかったら、もしあの時別の道を選んでいたらという恐怖、悔恨、感謝の思いはつねに胸の中にあるのさ」

「ありえたかもしれないもう一つの人生ってことね」

桜子の頭の中に、『心のこり』の私バカよね、という歌詞と一緒に、自分を捨てた男の顔がよぎった。もし、あの男に出会わなかったら、もしあの男に捨てられていなかったら……、と桜子は考えた。

「つまり、人生は仮の宿、今ある自分の姿は夢まぼろしということさ。今ある自分の姿にたいして、これでいいのだろうかと疑問を抱く。本当の自分はいったいどこへ行ってしまった、まだどこかでウロウロしているのだろうか。そんな危うい思いを歌詞の一つ一つ、音符の一つ一つに素直に託す。それが素人が歌うカラオケ芸の真髄だな」

「なんだか私には難しい話だわ」

「君にだって変身願望はあるだろう?」

「もちろんあるわ」

「変身願望は現実逃避じゃないよ。一種の自分探しなんだ。なにものかに変身しつつ本当の自分を探す。いや失った自分を取り戻すといってもいい」

「人間はみんな迷子だっていうことね」

「そうさ、君もだ。そんな髪の毛して丸メガネかけてるけどさ、そのメガネの下には可愛い顔があるじゃないか」

「私はブスだわ」

「ブスなもんか。自分で勝手にそう決めてるだけさ。君、ブスの意味知ってる？」

「知らないわ」

「ブスッとしてるからブスっていうんだ。だから笑えよ」

「おかしくもないのに笑えないわ」

「おかしくなくても笑うんだ。笑えばおかしくなってくる」

「どんな風に」

「自分をバカにして笑えばいいんだ。そうすりゃ美人になる」

「ははは……」

桜子はひきつった笑顔をつくる。

「どこでどうしてそんな風になってしまったんだ。それは本当の君じゃないよ。本当の君は、名前はなんていうんだっけ」

「山田桜子」

「山田？　つまんねえ名前だなあ」

「もとの名前は綾小路っていうんだけどさ」

「こりゃまた随分立派だねえ。まいいか。桜子さん」

「桜子でいいわよ」

「じゃ、桜子。俺はね、君を自分探しの旅に連れ出したかったのさ」

「どうすればいいの」

「歌うのさ。ただ歌うんじゃないよ。今ある自分を忘れて、本当の自分に出会いたいという一心で歌うんだ。そうすれば、雲母を一枚一枚はがすようにいつか本当の自分が見えてくる」

「雲母をはがすように」

「うん」

笠ノ場はにこっと笑ったが、意外にきれいな口許だった。

もんたよしのりのヒット曲『ダンシング・オールナイト』が流れ、客席にひときわ活気がみなぎった。ステージでは中年の男が、若者のリズムに合わせ、腹の出た身体を揺すりながら歌っている。目いっぱいに声を張り上げ、出そうもないような高い音に挑戦し、それをぎりぎりクリアしつつ先へ進んでいく。不思議な色気と楽しさが客席を満たしていた。

「今歌っている人はね、鏑木《かぶらぎ》さんていってね、有名デパートの役員なんだぜ。夜になると、ネクタイをはずし、マオスーツに着替えてこうして歌ってるんだ。昼間会うと絵に描いたような重役さんだ。どっちが本当の鏑木さんかというとたぶんこうして歌ってるほうだろうな」

Dancin' all night
言葉にすれば
Dancin' all night
嘘に染まる

いかにも大会社の重役然とした禿頭を上下させて歌っている鏑木の姿は、桜子には笑っているようにしか見えなかった。

「あの方も歌いながら泣いているのかしら」

「むろんそうさ」

「泣き笑いってこと」

「わあわあ思いっ切り泣いてるんだ」

笠ノ場の言うことが桜子にも少し分かってきた。

「カラオケは変身願望のための仮面舞踏会であり、真の自己発見のためのトラベルマシーンでもあるんだ」

「みなさんヴォイストレーナーズ音楽院の生徒さん？」

「違うよ。彼らはこの店の常連だ」

「じゃ、楽院長は誰になにを教えているの」

「俺か、俺の生徒はね、スター歌手たちや、スターをめざす新人歌手だ。俺は何十人というスターを世に送り出してきた」

「あら、凄いのね」

「そしてもう一つ、全国のカラオケの先生たちにカラオケ指南法の極意を教えてるんだ」

「みんな地方から来るんですか」

「そうさ。北海道、九州、名古屋、大阪、あっちこっちから習いにきてる」

「じゃ、笠ノ場先生はカラオケの先生の先生」

「そうだ。免許皆伝となり、うちの認定書をもらって初めて彼らはヴォイストレーナーの看板をあげることができるのだ」

「カラオケ界のドンてわけね」

「ま、そういうことだ」

「………」

「今、君は、旨い商売やってるなって顔したね」

「そうかしら」

「俺には夢があってね。日本のカラオケファンを引き連れてニューヨークへ行きたいんだ」

「ニューヨークでなにするの」

「カーネギーホールを借り切ってカラオケ大会をやるんだ」

「夢にしても大きすぎない？」

「人はバカというけどね、夢みることは自由だ。その夢に向かって進むこと、それが俺の自分探しだな」

「ふーん」

「ニューヨーク行きの全国的ネットワークを作るためにヴォイストレーナーズ音楽院を

やっているのさ」

「カラオケファンにとっては最高の贅沢だわね」

「あるものにとっては究極の変身、あるものにとっては真の自己発見の旅、あるものにとっては冥土の土産」

「あなたはもともとはなにをやってらしたの」

「某大歌手の前座歌手さ」

「スターにはなれなかったのね」

「うん、頭が良すぎた、なんちゃってね。俺のことはいいから、君も歌えよ」

「ダメ。私下手だから」

「もし衣裳をかえなきゃ気分が出ないってんなら貸衣裳もあるよ」

「衣裳を貸してくれるの」

「そう。カラオケ劇場とはそういう意味なのさ。あの部屋がその衣裳室だ」

笠ノ場が指差すほうに白いドアがあり、さっきから人が出入りしていたがそういうことだったのかと桜子は納得した。

鏑木の歌が終ると、笠ノ場は立ち上がり、

「鏑木さん、あなたは九段だ。名人一歩手前だ」

鏑木は花丸をもらった小学生のような喜びようだった。

ドアが開き、店内が急に花が咲いたように明るくなった。

「おっ、尾上梅次郎だ」誰かが言うと、

「音羽屋、人間国宝!」山崎が声をかける。

歌舞伎役者の尾上梅次郎がこの店のママと一緒に入ってきたのだ。

「みなさんいらっしゃい」

ママは満面の笑みを浮かべて客に言う。

「歌舞伎座の夜の部『鳴神《なるかみ》』を拝見してきましたの。梅次郎先生の雲絶間姫《くものたえまひめ》、素晴らしかったわよ。美しいったらないの。でね、楽屋でお待ちしてお連れしましたの」

尾上梅次郎は席に坐るや水割りを飲むのももどかしげにステージに上がり、『浅草の唄』を歌いだした。

強いばかりが　男じゃないと
いつか教えて　くれた人
歌舞伎役者たちが苦労を強いられた戦中戦後に思いを馳せ、遠くをみつめて歌う姿には合掌したくなるような気品と神々しさがあった。歌舞伎界の至宝がわれを忘れて歌っている。桜子は胸が熱くなった。

座は一段と盛り上がっている。

ママは笠ノ場の席にやってきて、

「笠ノ場先生、いらっしゃい。今夜はお連れさんがいらっしゃるのね」

五十を少し過ぎた、若い頃はさぞやと思わせる美人だった。

「ママの由美さん。こちら、ほら、いつか話した隣の」

「うるさいおばさん？」

「いや、桜子さん」

「あら、失礼、全然おばさんなんかじゃないじゃないの」

「そうだろう？　俺もそう思うんだよなあ」

「若いわよ。あんたたち怪しい仲じゃないでしょうね」

由美は桜子の顔をしげしげと見た。

「やめてください」桜子は顔を伏せ、「おばさんでいいんです。私ブスですから」

「ねえ君、それじゃあさ、もっとブスになってみたらどうだろう」

「これ以上ブスになんかなれません」

「なれるさ。自分で自分を軽蔑したくなるような歌を歌ってみるのさ」

「そうね」由美は考える。「そう、あの歌がいいわ。青江三奈の『伊勢佐木町ブルース』。ジャンジャジャジャジャジャジャンジャジャジャン、アッウッーってやつ。あなたに一番似合わない歌だわよ」

「いいね」笠ノ場も賛成する。

「『浜辺の歌』なら歌えますけど……」

「学校唱歌なんぞ歌ってどうする。君の中のもう一人の君と出会うんだ」

「できません」

「気取るなよ」

「できない」

桜子は今にも泣きだしそうだった。

ドアが開いて、男が入ってきた。

ちらりとその影を見て、桜子はわが目を疑った。ひょっとして太郎兵衛……。

そおっと顔を動かしてよーく見る。確かに亭主の太郎兵衛である。今頃は働いているはずなのに、なんでこんなところに出現するのか。さては嘘をついていたのか。頭にかっと血がのぼったが、そういう自分も嘘をついている。ここで顔を見られたら大変だ、どうしよう。

とその時、太郎兵衛に違いない男は桜子のうしろを通ってトイレに入っていった。

桜子はあわてて立ち上がった。

「どうしたの、あなた、青い顔して」

由美は心配そうに桜子の顔をのぞきこんだ。

「今の人、うちの亭主なんです」

「誰が。あの人が？　まさか」

「本当です」

「おいおい、本当かよ」

笠ノ場も目を丸くした。

「嘘でしょう。あの人はうちの常連のジョージさんよ」

「ジョージ？」

「そうよ。レーサーのジョージさんよ」

「レーサー?」

桜子にはピンとくるものがある。

またドアが開いて若い娘が入ってきた。酔っているらしく、あたりはばからぬ甘ったれた声を出す。

「ジョージ。あたしのジョージ、どうして一人でさっさと行ってしまうの」

男がトイレから出てくると、

「ジョージ、マイハニー、愛してる」

娘は男にしなだれかかった。

「ダーリン。今夜は少し飲み過ぎたね」

髪形をリーゼントに決めた男はやにさがっている。

「ほら、ジョージさんでしょう」

由美は言うのだが、どうみても桜子の目には太郎兵衛にしか見えなかった。

「ねえ、ジョージ、愛してる?」

「分かってる。愛してるよ」

男の言葉にはかすかな東北訛りがあった。

そして次の瞬間、桜子の目に空色のマフラーが飛び込んできた。十年目の結婚記念日に桜子がプレゼントしたカシミヤの高級品だ。それを男はコートを脱いだあとも首にまいていた。もう間違いない。

「ママ、助けて。あの人は私の主人です」

「本当に？」

こんどは由美が青くなり、桜子の手を引くと衣裳室に逃げ込んだ。

「悔しい！　太郎兵衛のやつ、浮気してるんだわ」

桜子は歯ぎしりした。

「太郎兵衛？　ジョージさんじゃないの」

「本名は太郎兵衛っていうんです」

「太郎兵衛、あはっはっはっは」

由美は大口開けて笑った。

「笑ってる場合じゃないわ。ねえ、ママ、どうしたらいいかしら」

桜子は足踏みしながら言った。

「変装するのね、この際」

「イヤよ。私ここに隠れているわ」

「ダメよ。そのうちジョージさんが着替えに入ってくるわよ」

「太郎兵衛も歌うんですか」

「もちろんよ。常連だって言ったでしょう」

「ひえー」

桜子は頭がおかしくなりそうだった。

「急ぎなさい。うちは映画会社の衣裳部から払い下げてもらってるから大抵のものならあるわ」

「でも、すぐばれちゃうわ」

「大丈夫、私にまかせておいて。だけど、あなた歌うのよ」

「歌う、なにを?」

「あれ、行こう。『伊勢佐木町ブルース』」

「ええ?　歌えない」

「人生の一大事よ。やるっきゃないでしょう」

由美は真っ赤なロングドレスを持ってきて桜子に着せた。長い髪のウィッグを頭にかぶせた。メガネをとり化粧をほどこした。眉を細く長く描きアイシャドーを塗り、付け睫毛をつけた。真っ赤な口紅を引いた。ガーターのついた靴下、そしてハイヒールをはかせた。またたく間にセクシーな女が出来上がった。どこから見ても、普段の桜子はかけらもなかった。『伊勢佐木町ブルース』の前奏が始まった。

「さあ、行け。行って歌ってこい！」

由美が桜子の背中を押した。

桜子は前のめりになってステージに飛び出した。

4

たたらを踏んでステージに飛び出した桜子がなんとか体勢を立て直し、はっと前を見ると照明が目に飛び込んできた。おおっという嘆声が聞かれたがなにも見えない。自分はと見れば、光の中で真っ赤なドレスを着てマイクを握っている。もう歌うしかなかった。

伴奏がジャンジャジャジャジャンジャジャジャンと来たから、アッ、ウッーとうなった。客席は大受けである。よし、どうせ歌うなら、思いっきりセクシーな声を出してやろう。

あなた知ってる　港ヨコハマ

街の並木に　潮風吹けば

意外と上手くできた。

「どこの誰だ」

「本職か」

そんな声が聞かれた。

こんどはビブラートをきかせて、むせび泣くように、

花散る夜を　惜しむよに

伊勢佐木あたりに　灯《あかり》がともる

「よっ！　いい女」

「色っぽいねえ」

四十年近く生きてきて一度も言われたことのないような声がかかった。

こんなことができるなんて。誰よりも桜子自身が一番驚いていた。

恋と情けの　灯《ひ》がともる

一番を歌ったら、客席はやんやの喝采である。間奏でぼうっと立っているのも能がないから、尻をうしろに突き出したり、片目をつぶって投げキッスをしたり、そしてまた、ジャンジャジャでアッ、ウッーとやった。

「すげえ美人だ」

あの声は太郎兵衛ではないか。ということは、太郎兵衛は桜子の変装に気付いていない。ますます桜子はその気になってきた。

　あたしはじめて　港ヨコハマ
　雨がそぼ降り　汽笛が鳴れば

歌うということがこんなに気持のいいものだとは知らなかった。この気持のよさはやはり泣くことに通じているのだろうか。私は今歌っている振りをして人前で泣いているのだろうか。そうだ、そうに違いない。私は泣いているのだ。人生で泣きたい場面は山ほどあったが、ほとんど泣かずに我慢した。あの日あの時、胸の奥に押さえ込んだ涙を解放させたらどんなに気持がいいだろう、と思ったら涙が湧いてきた。そして今現在、自分の目の前で愛する亭主がよその女といちゃついているではないか。これが泣かずにいられようか。桜子は歌っているのか泣いているのか自分でも分からなくなってきた。

涙が花に　なる時に
伊勢佐木あたりに　灯がともる
　恋のムードの　灯がともる
真っ赤なロングドレスに身をつつんだこの私は誰なのだろう。このセクシーで破廉恥な女、これも私だろうか。これが本当の自分なのかもしれない。だって、こちらのほうがうんと呼吸が楽なのだもの。とすると、いつものぼさぼさ髪に丸メガネの女は誰なのだろう。桜子は思わず衣裳室のほうを振り返った。そこに、自分の抜け殻であるブス女が立ってこっちを見ているような気がしたからである。

エンディングを桜子は大胆なポーズで決めた。大拍手である。

アンコールの声援がかかる。

桜子はステージから衣裳室へ戻るや、

「大丈夫だった？」由美に訊いた。

「大丈夫どころか。もう一曲行きなさいよ」

由美は桜子を押し戻そうとした。

「歌じゃなくて、太郎兵衛、うちの亭主、私に気付かなかったかしら」

「全然気付くもんですか。いい女だな、ママ、紹介してくれよってうるさかったわよ」

笠ノ場が入ってきて言う。

「いや、驚いたなあ。見事な変身ぶりではないか。こういうことだよ。俺が言いたかったのは。な、分かるだろう」

「分かるけど、今は、私を逃がしてくれることを考えてちょうだい」

桜子は笠ノ場と由美に懇願した。

「ほら、ジョージさんが歌いはじめたわ」

『監獄ロック』が店内にとどろいた。太郎兵衛が身体を激しくふるわせて歌っている。まるでロックンローラーだ。こんな太郎兵衛は見たことがない。いつもよりうんと生き生きとしていた。

「あれがジョージさんの十八番。今のうちにさっと着替えて帰っちゃえば分からないわよ」

桜子は私服に着替え、笠ノ場の陰に隠れるようにして店を出た。メガネはタクシーに乗ってからかけた。

タクシーの中で笠ノ場が言う。

「ジョージが君の亭主なのか」

「ええ、太郎兵衛っていうんです。宅配便の配達員をやってるんですけどね」

「ジョージは、たしかレーサーのはずだが」

「ジョージじゃなくて太郎兵衛」

「要するに、君の亭主も変身願望を抱いて生きていたということさ」

「カラオケなんか嫌いだって言ってたくせに」

「そりゃあそう言うさ。自分の大事な楽屋裏をいちいち女房に見せるバカはいないよ」

「でも、太郎兵衛は浮気している」

「浮気してるのはジョージだろう」

「でも、あれは太郎兵衛」

「あの若い女が惚れているのはレーサーのジョージなんだから、今のところ太郎兵衛さんはこの世にいないってことさ」

「仮面をかぶって人を騙してるのね。そんなの狡いわ」

「人間はみんな仮面かぶって生きてるじゃないか。君だってそうさ。そのメガネ、その髪の毛、その表情、その物言い、みんな仮面だ。もう長いことかぶっていて顔に食いこんじゃっているもんだから仮面であることを忘れているようだけど仮面は仮面、本当の顔はその下にある。さっきそれをちょっと見せてもらったけどね」

「あれだって……」

「仮面だっていいたいのかい。さあて、どっちが本当の君に近いかな。君の亭主だって太郎兵衛さんのほうが本当なのかジョージのほうが本当なのか分かったもんじゃないぜ」

「怖いことを言わないでください」

桜子は、本当の自分がいったいなんなのか分からなくなったばかりでなく、自分と太郎兵衛との十五年間にわたる生活までが夢まぼろしのように思えてきた。

「ま、そういうことだからさ。太郎兵衛さんをとがめたりしちゃいかんよ」

マンションの四階でエレベーターを降り、隣り合った部屋の鍵を開けながら、二人はおやすみなさいを言った。

家に帰っても桜子の興奮はさめやらなかった。初めてカラオケを経験したこと、意外な自分を発見したこと、夫の浮気の現場を見てしまったこと、中でも一番のショックは、本来なら夫の浮気であるはずなのだが、事実は違った。それはカラオケで歌ったことだった。

自分が想像したよりもはるかに上手く歌えたし、第一大喝采であったではないか。あんな色っぽい娼婦のような部分も自分にはあるんだ。今日までの人生はいったいなんだったのだろう。

風呂上がりの身体に赤いガウンを着て、桜子はメガネをかけることも忘れていた。つい鼻歌で『伊勢佐木町ブルース』を歌ってしまう。ハスキーな声を出し身体をくねらせては悦に入っている。

そこへ夫の太郎兵衛が帰ってきた。

夜の十二時を少し回っていた。

「今日の宅配個数は百四十一個、鳴らしたチャイムは七十七軒」

いつもの調子で言い、

「友達と会って楽しかったか」と訊いた。

「ええ。とっても」

「また行ってもいいんだぜ。俺はお前が浮気さえしなければなにをしたってかまわないんだからさ」

「私だって、浮気以外ならあんたがなにしたってかまわないわ」

「俺が浮気？　その気もないし時間もない。冗談は休み休み言えよ」

「そうかしら」太郎兵衛の脱いだコートと空色のマフラーを受け取ると、「今夜はくさいな。女の匂いがする」

桜子は太郎兵衛に近付いていき、太郎兵衛は「なにが」と言ってあとずさる。桜子は太郎兵衛の身体の匂いをくんくんと嗅ぐ。太郎兵衛は不安な表情を浮かべる。

「ああ、タバコ臭い。早くお風呂入ってらっしゃいな」

太郎兵衛はほっと安堵の息をもらして風呂場に消えた。

そのうしろ姿を見ていると、桜子には太郎兵衛とジョージが同一人物だとはどうしても思えなかった。

5

東京タワーの見えるリビングのダイニングテーブルの上で桜子はテープ・リライティングの内職をしている。また今回も美輪明宏である。

「人生は常にプラスとマイナスのバランスがとれるようにできているんです。良いことと悪いことはかわるがわる起きる。ですから、素敵な家を持ったり良いことのあったあとはなにかマイナスのことが起きても仕方ないんです。でも、そこを持ち堪えたら次にはプラスが待っているんです」

なるほどそういうことだったのか、桜子はテープを止めて思いに沈んだ。

自分の人生を振り返ってみるとまさに美輪明宏の言うとおりだ。たいした美人でもないのに、高校一のドン・ファンと恋をして得意になっていたら捨てられた。すっかり落ち込んでいた桜子を拾い上げるようにして結婚してくれたのが太郎兵衛である。だけどいつまで経っても子供ができない。寂しい妻の気持を太郎兵衛は家を買うことで満たしてくれた。と思ったら隣にカラオケ教室が引っ越してきた。これは一大事と思ったのだが、一度自分もカラオケをやってみたら、それほど苦にならなくなってきた。今だって、結構なボリュームで壁づたいに歌謡曲が聞こえてくるのだが、桜子は一緒に鼻歌など歌いながらやりすごしている。それよりもなによりも心配なのは、太郎兵衛の浮気である。

カラオケ劇場マスカレードで太郎兵衛が連れていたのはどこの女だろう。水商売だろうか。それとも同僚だろうか。肉体関係は、ハニー、ダーリンと呼び合っているのだからそりゃあるだろう。桜子のことをないがしろにして太郎兵衛はあの女に夢中だったのだ。

太郎兵衛をあの女からとりもどさなくてはならない。どうやって？　女としての魅力で。

桜子は鏡の前に行って覗き込んだ。ぼさぼさ頭に丸メガネのおばさんがいた。とたんに自信がなくなった。で思ったことは、太郎兵衛がこんな色気のない女を抱く気になれないのも無理ないということだった。桜子は焦った。一日も早く煤《すす》けた女から脱出しなければいけない。

そうだ、カラオケに行こう。今日も夫は遅出である。年末の書き入れ時だから帰りは十二時になるだろう。

夕方、桜子はヴォイストレーナーズ音楽院のチャイムを鳴らした。

「先生、またカラオケに連れていってください」

「こんどは自分から歌いたくなったみたいだね。いい傾向だ」

笠ノ場は仕事を途中で打ち切って応じてくれた。

年の暮れ、銀座は人でいっぱいだった。

カラオケ劇場マスカレードもいったい日本のどこが不景気なんだろうというくらいの

賑わいだ。

浅草のボードビリアン志望だった山崎が、『恋はやさし』『ベアトリ姉ちゃん』など浅草オペラのヒット曲を歌って客席を沸かせ、岡ちゃんが、笹やんが、鏑木さんが、得意のレパートリーを歌って喝采を浴びていた。

笠ノ場先生は相変わらずの権勢ぶりで、歌った人に点数をつけ、段を与え、時々模範歌唱をしてみせるのだが、さすがもと前座歌手、あまりの上手さに桜子は笠ノ場を見直してしまった。

「歌は絶対に、くずして歌ってはいけない。それは堕落である。歌詞の一字一句、音符の一音一節を正確に歌おうとすることだ。歌は詩人たちの魂を通して、天から降ってきた贈物なのだから、その歌と合体し結合した時、人間は生まれかわることができる。新しい自分の発見がある。歌う喜びとはそういうことだ」

笠ノ場がステージに立って講義をしている時だった。ドアが開いて冷たい風がふわりと吹いてきた。

笠ノ場はドアのほうを見ると凍り付いたような顔になり、

「先生!」

一声叫ぶやステージを駆け降り、今入ってきた女連れの客、着物の上に黒いトンビをはおった老人の足下にぴたりと平伏した。

「先生、お元気になられましたか」

「おう、笠ノ場、久しぶりだなあ」

老人は笠ノ場を見下ろして言う。

「あれっきりお見舞いにもうかがわずに失礼いたしました」

笠ノ場はさらに頭を床にこすりつける。

客たちはみな呆然としている。この店では神のごとき存在である笠ノ場が土下座している相手はいったい何者なのか。しーんと静まり返った店内に老人の声が響いた。

「ここに来れば会えるかなと思ってちょっと寄ってみたんだ。お前の顔が見たくてな」

「ありがとうございます」

「まあ立てや」

老人は笠ノ場の手をとって立たせ、しげしげと笠ノ場の顔を見、ひしと抱きよせた。

「生きてお前に会えるとは思わなかったよ」

「うれしゅうございます」

笠ノ場も老人も目に涙を浮かべている。

二人はしばし抱きあっていたが、やがてゆっくりと腕を解いた。

笠ノ場が言った。

「みなさん、この方こそ、なにを隠そう、私の師匠である、かの国民的大歌手、三波冬夫先生でいらっしゃいます」

と老人を紹介した。

「ええ、本当か」

「まだ、生きていたのか」

客席からそんな声が聞こえた。

「長い病気から全快されて、今日ここにお見えになりました」

拍手と歓声が沸きおこった。

「先生の快気祝いにぜひとも一つ元気なお声を聞かせていただこうではありませんか」

またまた大拍手、「三波！」の声がかかる。

「さて、果たして声が出るかなあ」

老人がもったいぶっている間に笠ノ場は、

「あれやってくれ。三波冬夫の極め付き『大利根無情』」バーテンダーに言った。
前奏が始まった。
三波冬夫はゆっくりとステージに上がっていき、おもむろにトンビを脱いだ。現われ出たのは紺地に浪しぶきを描いた派手な衣裳であった。
「三波冬夫でございます」
客席はまた沸いた。
利根の利根の川風　よしきりの
声が冷たく　身をせめる
たまらなくいい声である。いくら自分の持ち歌とはいえ、こうまで言葉をきれいに、節回しを正確に歌う芸を目の当たりにして、客はみな呆然、うっとりと聞きほれた。
佐原囃子が聴こえてくらアー、想い出すなあー
御玉ヶ池の千葉道場か
間奏に入ってからの台詞も余裕たっぷりである。たっぷりと聞かせて、それが終るとぴたりと二番に入る。そしてまた間奏の台詞、客は感嘆の声をあげる。
地獄まいりの　冷酒のめば

鐘が　鐘が鳴る鳴る　妙円寺
歌が終っても客席はしーんと静まり返ったままだった。

「日本一！」山崎が言った。

そこで思い出したようにみんな拍手をした。涙を浮かべている客もいた。

「先生、ありがとうございます」

笠ノ場はステージに飛んでいって三波冬夫の手を握った。

「笠ノ場、お前、あれはどうなった？」

「あれと申しますと」

「夢よ、アメリカ行きのお前の夢はどうなった？」

「なんとか、実現に向けてぼちぼちやってます」

「なあ、笠ノ場、頑張れよ」

「はい。頑張ります」

「一度心に決めた夢は、叶えなくては男じゃないぞ」

「はい、先生。ありがとうございます」

笠ノ場は三波冬夫の手をとって拝んだ。

「邪魔したな」

三波冬夫は黒のトンビをはおると、若い女に手を引かれ、おぼつかない足取りでドアのそばまで行くと、振り返って、

「みなさん、どうぞ、笠ノ場を男にしてやってください。こいつは私の可愛い弟子なんでしてねえ。お願いします」

にっこり笑って出ていった。

緊張がほぐれて、客は急にざわついたが、笠ノ場はドアに向かってしばし頭を下げたままだった。

「笠ノ場先生、アメリカ行きの夢ってなんなんですか」笹山が訊いた。

「ぼくたちにできることでしたら手伝わせてください」岡も一歩前へ進みでる。

「年甲斐もなくバカな夢を見てしまったんだ」

笠ノ場ははにかみつつ言う。

「俺は前々から、ニューヨークのカーネギーホールで、カラオケ大会をやりたいと思っていたんだ」

「カーネギーホール、あのクラシックの殿堂でカラオケ大会？」

鏑木はすっとんきょうな声を出した。

「そうなんだ……」

笠ノ場は、この間桜子に話した夢をぼそぼそと自信なさそうに語りだした。

みんな真剣に聞いていたが、笠ノ場の話が終ると、

「カラオケファンは集まるだろうけど、カーネギーホールがうんと言わないのではないかなあ」岡が言った。

「実は、カーネギーホールのほうはもう許可済みなんだ」と笠ノ場。

「許可済みって」

みんな信じられないといった顔をした。

「日米の文化交流、日本歌謡曲の祭典、日本の発明品カラオケの海外への紹介、在米日本人の慰問、色々な目的を書いて提出しておいたら、半年たってＯＫの許可が下りたんだよ」

「本当かあ。じゃあなにも問題はないじゃないか」

岡が紅潮した顔で言った。

「ぼくたちヴォイストレーナーではない人間も参加できるんですか」

笹山が訊ねた。

「大歓迎だよ」笠ノ場は言う。「カーネギーホールは客席数二千五百だよ。これだけの人間を集めるのが悩みのタネなんだ」

「なあに、人を集めるんだったらこちとら専門だい」

デパート重役の鏑木は胸を張った。

「行こうよ。行こうよ」

「みんなで力を合わせたらなんとかなるよ」

「ありがとう。カーネギーホールは団長の俺にマエストロ・ルームをどうぞお使いくださいとまで言ってくれているんだ。俺は行きたいんだ」

「行きましょう、団長、ぼくも連れてってください」

笹山が手を出した。

「ありがとう」

笠ノ場がその手を握った。二人の手をみんなの手がつつんだ。笠ノ場は涙ぐんだ。

男たちの光景を黙って見ていた由美も手を差し出し、

「おめでとう団長。先生もやっと男になれそうね」その輪の中に入った。

桜子は、歌とカラオケが結ぶ男の友情に感動してぼんやりしていた。

「桜子さん、あなたも一緒に行くのよ」

突然振り返って由美が言った。

「私は、まだ下手ですから……」

「そんなこと言ってないで、カーネギーホールのあの高い天井に向かって、命の限りの声を張り上げるのよ。あなた、昇天しちゃうかもよ。ね、行きましょう」

桜子のことをまだよく知らないまま、常連たちは誘う。

「行きましょう。われらのプリマドンナ」

「なんかシンミリしちゃったわね。桜子さん歌ってよ」由美が言った。

「うん、でも……なに歌ったらいいか」

桜子はぐずついている。

「じゃまた私が決めてあげるわ。山本リンダの『狙いうち』あれがいいわ。ホステスたちのダンスもつけてあげる」

由美は桜子を立たせ、「さ、着替えた着替えた」と衣裳室に追いたて、「みんな、踊るんだよ」ホステスたちに声をかけた。

衣裳室は女たちでいっぱいになった。ホステスたちは乳房もあらわにどんどん着替えていく。桜子も一度裸になってSM女王に変身した。化粧は由美が手早くやってくれた。またしても普段の桜子は影も形もなかった。

『狙いうち』の前奏が始まると八人のダンサーがステージに出ていき、身をくねらせて踊った。腕を組み脚を上げ溜め息をもらし黄色い声を張り上げる。客の喜びようといったらない。

そして桜子の出番だ。

革のボンデージ姿の桜子がモデルガンを持ってステージに登場した瞬間、客席は「おうーっ」という喚声をもらして揺れた。

ウララ　ウララ　ウラウラでー

ウララ　ウララ　ウラウラよー

うしろに八人のダンサーを従えて桜子は歌った。思いっきり下品に、セクシーに、世界中の男を悩殺してやるつもりで腰を回し、胸を突き出し、髪振り乱して、右に左に機関銃を撃ちまくった。

神がくれた　この美貌

無駄にしては　罪になる

終ったら万雷の拍手、「アンコール、アンコール」と客たちは手拍子を打ち、足で床を鳴らす。

ふと気が付くと、目の前に空色のマフラーを首に巻いた太郎兵衛がいる。ステージのすぐ前まで来て、さかんに手をたたいている。桜子は逃げるように衣裳室に飛び込んだ。

「ママ、大変、太郎兵衛がいる」

「ジョージはあんたにぞっこんよ」

「どこか逃げるとこないの」

「もう一曲、細川たかしの『心のこり』でもやって。あれなら歌えるでしょう」

客はアンコールを繰り返している。

桜子はなにをどうしたらいいのか分からない。着替えもせずにぐすぐすしていると、

「ママ、プリマドンナを俺に紹介してくれよ」

ジョージが、いや違う、太郎兵衛が衣裳室に入ってきた。

テナーサックスが高らかに鳴って『心のこり』のイントロが始まった。

桜子はステージに飛び出した。

『狙いうち』の衣裳のままだったから客はどよめいた。

が、桜子は歌わなかった。

この歌は知っているけれど、声も言葉も口から出てこなかった。

ステージから降りようとすると、前に笠ノ場が立っていて、

「歌え、君の嫌いな歌だってことは知っているけど歌うんだ。自分なんてものを捨てて歌うんだ」叱るように言った。

一度は歌おうと試みたのだが、その瞬間、全身に寒気が走った。カラオケは頭の上でガンガン鳴っている。それを聞いてるだけで桜子は吐きそうになった。

「歌ってくれ。俺のプリマドンナ」

衣裳室とステージの間に立って太郎兵衛が、いややっぱりジョージか、桜子を激励する。

桜子の頭の中で、初恋の思い出が痛みとともにぐるぐると回った。忘れたい男の顔が大きくなり小さくなり、目の前に迫ってきた。

桜子は赤々とライトに照らしだされたステージの上で、肩をふるわせ、泣きじゃくりながらしゃがみ込んでいく。

あの悲しい恋からのち、人生のすべてが嘘偽りであったような気がした。自分は大嘘つきだ。今まで生きていたのは私ではない。ただの影法師だ。そんな心細さと孤独感に桜子は全身をふるわせた。

「ねえ君、立てよ。俺のプリマドンナ」

声の主はジョージだった。

「立って歌ってってくれよ。君は最高にきれいだ。俺の人生で出会った最高にいい女だよ。寂しくてたまらないんだったら、あたためてあげるよ」

桜子の肩にふわりとなにかが当たった。

見ると、空色のマフラーだ。

「さあ、立ちな。そして歌ってくれ」

ジョージは桜子の身体をささえるようにして立たせた。

桜子はマフラーに触れてみた。すべすべしたカシミヤの肌触りだった。結婚記念日に桜子が太郎兵衛にプレゼントしたものだ。それを太郎兵衛は今ジョージとなって、プリマドンナの肩にかけた。

「そのマフラーは、俺にとっても大事なものなんだけれど、君にあげるよ。俺の気持だ」

ジョージは言った。

太郎兵衛の不実を恨むべきだろうか。それとも男の愛の表現を素直に喜ぶべきことなのか、桜子の頭は混乱した。

が、立ち上がって正面を見た時、客はみんなステージ上の二人をまるで祝福するかのように拍手した。

ジョージの連れの女が、プイと怒って店から出ていくのが見えた。

桜子の胸を喜びのようなものがつつんだ。

「いいぞ、ジョージ！」

「よっ、プリマドンナ！」

「歌ってくれ」

「アンコール」

桜子は声を出してみた。出た。

私バカよね　おバカさんよね
大切な　大切な　純情を

わるい人だと　知っていながら
あげてしまった　あなたに
桜子は泣きながら歌っていた。
歌っているうちに、自分の中でなにかが壊れていくのが分かった。卵の殻のようなものが壊れて、中からひよこが顔を出し、また新しいなにかが動き出すのが感じられた。
私バカよね　おバカさんよね
あきらめが　あきらめが　悪いのね
ステージの端を見ると、頭をリーゼントに決めた太郎兵衛がいかにもレーサーの顔をしてこっちを見ている。そんな太郎兵衛が桜子は愛しかった。
だって私を本気でいい女だって言ってくれたんだもの。
秋風が吹く　つめたい空に
鳥が　飛び立つように
私も旅に出るわ　ひとり泣きながら
歌い終った桜子はステージを駆けおり、大きな拍手をしている客席を抜けて外へ出た。
ジョージが追いかけてきているのは分かったが、路地から路地を駆け抜けて、ＳＭ女王の格好のままタクシーを拾った。

丸メガネをマスカレードに忘れてきたことに気が付いたが、あのメガネとは今日でおさらばだと思った。


家に帰ってすぐシャワーを浴び、化粧を落とした。

身体をタオルで拭くのもそこそこに鏡の前に立った。

自分の顔を、自分の身体をためつすがめつ、前からうしろから入念に点検し、そしてきれいに化粧した。

桜子の頭の中に、マスカレードの喝采がよみがえった。「よっ、いい女！」「俺のプリマドンナ！」客たちやジョージの声が聞こえてくる。笠ノ場の優しさにたいする感謝が胸にこみあげた。

桜子は鏡の中の自分に向かってにっこりと微笑みかけた。生まれて初めて自分というものが好きになった。

ドアがガチャガチャと鳴った。太郎兵衛が帰ってきた。裸の桜子は寝室に隠れた。

「ただいま。本日の宅配個数は百二十一個。鳴らしたチャイムは……」

太郎兵衛の言葉を遮って、

「お帰りなさい」

桜子は寝室のドアから顔を出した。

「おっと、誰かと思ったよ」

「私、今夜、浮気しちゃった」

「ふん、くだらない」

「ジャーン！」

桜子は寝室から飛び出した。

黒い下着と靴下をつけ、その上に赤いガウンをはおっている。

「おい、桜子、お前いい女だね」

桜子は歌いだした。

　時には娼婦のように
淫らな女になりな
真赤な口紅つけて
黒い靴下をはいて

桜子は胸をはだけ、腰をひねり、踊るように部屋の中を歩きまわる。

大きく脚をひろげて
片眼をつぶってみせな
人さし指で手まねき
私を誘っておくれ

太郎兵衛はうっとりと見とれて桜子を追いかける。

「その人も私を愛してくれたのよ」

「頼むよ。おどかすなよ」

バカバカしい人生より
バカバカしいひとときが
うれしい　ム……ム……

桜子は懐から空色のマフラーを取り出し、それをフワフワと振った。

「おい、それは……」

太郎兵衛は頭をかかえてしゃがみ込んでしまった。

「おいで、ジョージ」

桜子は人差し指を立て寝室のドアから手招きする。

「ジョージ?……お前は、俺のプリマドンナ!」

太郎兵衛は寝室に吸い込まれ、ドアが閉まった。


*引用は美輪明宏『人生ノート』(PARCO出版)より

ベル・エポック

私の妻は解りやすい性格の持ち主だ。

機嫌のいい時には明るい声で話し、機嫌の悪い時には暗い声を出す。

特に今日は、庭の枯れた芝草の上で雀がちょこちょこ虫をあさっているような、この冬一番のいい天気だし、チーズ・オムレツは上々のできで、それを私にたっぷりと褒められたものだから、もう腰を振って踊りださんばかりにご機嫌だ。

で、電話が鳴って、

「はい、もしもし」

と世にも明るい声で妻が出て、

「あなた、お電話」

と暗い声で私に受話器を差し出したところで、今朝のわが家の幸福は終わった。

「誰から」

「女の人よ」

暗い声を出す時、妻は顔まできちんと暗くする。その顔を見ながら、受話器をうけとる私の頭の中に、最近つきあっている女の顔が点滅する。体がちょっと汗ばむ。

「女？」

「森まどかさん」

「なんだ」

古い女友達の名を告げられて、私はほっと胸をなでおろす。

「やあ、久しぶり、元気？」

天気のよい朝のことでもあるし、私はそれにふさわしい声で電話に出た。

「ごめんなさいね、突然電話なんかかけちゃって。お手紙にしようかと思ったんだけど、ちょっと声も聞いてみたくて」

この声を聞くのは実に二十七年ぶりだった。私と森まどかは喧嘩別れのようなものだったから、二人の間には気まずいものが沢山あるはずなのに、そんなことはまるでなかったかのごときわめて親しげな調子で話してくる。そうされると、私の中のわだかまりは嘘のように氷解し、なんだか、二十七年という長い年月の胴体だけがすっぽりと抜け落ちて、頭と尻尾が突如くっついてしまったような状態になるから奇妙だ。奇妙でもなんでもないか。私は森まどかに今なおいかれているということなのだろう。

一度できあがった人間の声は老衰するまで変わらないというが、森まどかの声は昔と同じだった。低くて、丸くて、潤いがあって、どことなく不実の匂いがする、大人の女の声だった。私は、薄雲を透かして見る太陽のような憂愁にみちた森まどかの瞳を思い描き、その妖しい光にふりまわされて過ごした三年の月日を思い出した。シャンソンを愛し、シャンソンにうなされて明け暮れた、楽しくも悲しい青春の日々を。

私の胸に、なにか熱いものがこみあげてきた。私は妻に背を向けて、

「なにかあったの？　急に電話をかけてくるなんて」

精一杯のさりげなさをつとめた。

「銀巴里がついになくなるのよ」

「えっ、いつ」

「この十二月二十九日で」

「ほんとうに」

これは一大事だった。銀巴里は私の青春のシンボルだ。それがついに廃業するなんて。私は言いようのない寂しさにとらわれた。今日まで私は、銀座七丁目の、銀巴里と書いた、あの緑の看板の下の階段を降りさえすれば、自分の青春に再会することができると思っていた。事実、私はつい最近も、このすっかり時代遅れになったシャンソン喫茶の薄暗がりの中に坐り、古ぼけたシャンソンを聞いて、一人涙ぐんだりしたものだった。

その銀巴里がなくなってしまったら、これから先、いったいどこへ行ったら、自分の青春の足音を聞くことができるのだと、私は途方にくれる思いだった。

「寂しいわね」

「うん、寂しいね」

銀巴里がなくなるということは、つまり私と森まどかの思い出の場所も消えるということだった。

「今日、私と会ってくださらないかしら」

「今日？」

「ええ、夕食をご一緒してくれなんて言わないわ。ほんの一時間、私の話を聞いてくださらない」

その声には有無を言わせぬものがあった。彼女は私にたいしていつもそういう調子であり、私はそれに逆らったことはかつて一度としてなかった。

私は、妻の視線を背中に意識しつつ、

「ああ、いいよ」

と言った。

「じゃあ、昔よく行った資生堂パーラーの二階で、三時にお待ちしてるわ。あなた、私のこと分るかしら。私、おばあさんになったわ」やや長い間があって、「私、窓を背にして坐ってるわね。シルエットだけは昔とおんなじはずだから、きっと分ってもらえると思うわ。じゃあのちほど、ア・ビャント」

別れ際にフランス語を入れるのは森まどかの癖だった。それも昔のままだ。

受話器をもとにもどした私は、なにか名状しがたい心のたかぶりを感じていた。魂が、現実生活からふわりと浮遊し、そのまま横滑りして、過去の世界に移行したような、そんな興奮だ。現実は夢なのかもしれない。夢にこそ実体があるのかもしれない、などと私はらちもないことを考えている。

人生なんて、ボタンのかけ違いの連続みたいなものだ。もしあの時、私が森まどかと結婚していたら、今、この瞬間のこの生活はこの世に存在しない。今の現実生活というものが、過去のボタンのかけ違いによって存在するものだとしたら、もしボタンをかけ直したら、たちまちにして現実は消滅し、がらりと場面は変わるかもしれない。この頼りなさが、夢まぼろしでなくてなんであろう。

「どうなさったの、ぼんやりしちゃって」

妻の声で私はわれに返ったが、あたりを見回して、私は一瞬、自分を取り囲むこの現実は夢ではないかと思った。

「お出かけになるの。今日」

「ああ」

「日曜日に出るなんて珍しいわね」

「銀巴里がなくなるんだよ。それでね、ちょっと話があってね」

「あなたって、シャンソン時代の人には優しいわね」

「あの頃は、俺のベル・エポックだったからな」

「なに、ベル・エポックって」

「美しき時代ってことさ。ヨーロッパで、どっと一度に様々な芸術の花が咲き誇った今世紀初頭の三十年間をこう呼ぶんだ」

「じゃ、今はあなたのなに時代なの」

「うーん、今は俺の、そうだな、世紀末かな」

「あら、世も末ってこと」

「世紀末は新世紀の前触れだぜ」

「森まどかさんて昔の恋人でしょう」

「まあね。なにが言いたいの」

「あなたは私のベル・エポックだって言いたいの」

「よく言うよ」

森まどかとつきあっていたのは昭和三十五年から三十七年、私が二十二歳から二十四歳の時だ。文字通り、遠い遠い昔の恋人だ。妻の今日子は、その頃はまだ小学生で、私と出会うはるか以前、それこそ庭で遊んでいる雀みたいにピィチクパァチクやっていた頃のことだから、私の恋に嫉妬心を抱くなんてことは筋違いのはずだ。

だけど妻には、言い分があるらしい。

「順ちゃんいらっしゃるかしら、なんてなんか嫌な感じだわ」

と自分の不機嫌の理由に正当性のあるようなことを言う。

「お前と出会う前の俺の人生なんだから、ほっといてくんないかな」

妻という生き物は、夫と親しい女の存在を許したくないのはもちろんだが、自分よりも長いつきあいの女の存在も認めたくないものらしい。

いったいどこのどいつが、結婚なんていうくだらないシステムを思いつきやがったんだ、くそいまいましい。と胸の中でつぶやきつつ腕時計を見た。十一時半だった。

ちょいと早いが出かけるか。

「晩飯？　さあ、そんな先のことは分らないよ」

映画『カサブランカ』のリックのような台詞を残して家を出た。

私の出で立ちは黒のタートルネックに黒のコーデュロイの上下。学生時代に好んでしていた格好だ。最近は、こんなのはもう流行らないが、とにかく私は、昔の私に変身して、森まどかに会いたかった。あの頃は、タートルネックのセーターとコーデュロイのジャケットがいわばフランスの象徴で、それを着ているのがシャンソンファンの証明だった。ロシア演劇にかぶれてる青年がルバシカを着たり、ウェスタンに凝ってる若者が革のカウボーイハットをかぶるのと同じ心理だ。しかし、いい年齢になってもこの格好をすると、私はシャンソンの匂いにつつまれる。と同時に胸のうちに青春の息吹きが帰ってくるから不思議だ。

私は銀座大通りを、仕事から解放されたパリの若者が日曜日のグラン・ブールバールを歩くような軽やかな足取りで、ぶらついた。むろん耳には、イヴ・モンタンの歌う『グラン・ブールバール』が鳴っている。

ぼくは大通りを歩くのが大好きだ
時間つぶしにもなるし
くさくさした気分も忘れる

ヤマハ楽器でレコードを探し、ワシントン靴店をひやかし、鳩居堂で和風の便箋を買い、伊東屋で万年筆を試してみる。凮月堂でコーヒーを飲んで一休みして、そこからまた、山野楽器で映画のビデオを注文し、和光の貴金属ケースをのぞいて溜め息をつき、田屋でネクタイを物色しと、大通りをジグザグに歩いているうちに気分はすっかり春の空だ。

今日は、この冬一番のいい天気だし、しかも銀座は私が世界で一番愛する街ときている。空は青いし、風もない。ビルの窓という窓に青空が映っていて、あわてん坊の小鳥はうっかりその中へ飛び込んでいきそうだ。

いつしか私は鼻歌を歌っていた。誰もがよそ行き気分になる街。誰もがお洒落をしないではいられない街。日本にあるたった一つの都会。秋から冬にかけての銀座は、道行く人がみなコートを着ていて特にシックで好きだ。第一、銀座を歩いている娘たちは綺麗だ。私は時々立ち止まって、すれちがう娘をふり返る。あたたかい冬の昼下がり、こよなき自由をあじわいながら。

東京へ行けばきっとなにかいいことがある。東京へ行けばどんな夢でもかなう、と誰が言ったわけでもないのにそう信じて、わが家が青森の田舎から東京へ出てきたのは昭和二十八年の初め、私が中学三年の冬だった。私は、大人たちがそれほどまでに言う、魔法の都の中心をこの目でたしかめようと、まず最初に訪れたのが銀座だった。あの時、ショーウインドーに映る自分の姿があまりに田舎臭いのに驚いたっけ。つんつるてんの学生服、でかいツバのついた学生帽。都会の子供たちの帽子のツバは小さかった。それがえらくカッコよく見えた。私はあたりをうかがいながら、こっそりと学生帽を脱いだものだった。

それにひきかえ、どうだ今の俺は、と私はショーウインドーに映る自分の姿を点検する。ちょっと顔をしかめてみたりして。で自分に言う。ラフなコートの着こなしもいいし、結構、銀座が板についてるではないかと。

銀座は私の青春の街だ。この街の七丁目にある銀巴里というシャンソン喫茶の地下室で、私は毎晩シャンソンの訳詞をやっていたのだ。いわば私は銀座のシャンソン乞食で、この街に私の泣き笑いのすべてがあったのだから、この程度は銀座が似合ってくれないと困る、と変に自分を納得させ、まるでわが街を行くがごとき気分でまた歩きだした。

私が森まどかを見初めたのは、むろんその銀巴里だった。そこでは、紫ずくめの衣裳をつけて歌うシスターボーイの丸山明宏を筆頭に、工藤勉、小海智子、金子由香利、仲マサコなんかが日本語でシャンソンを歌っていた。

私は、レコードもよく聞いたが、銀巴里に来て、当時普通のコーヒーが六十円の時に百五十円を払って、薄暗がりの中に坐り、そこで日本人の歌うシャンソンを聞くのが至福の時であった。

昼の部はいわば前座で、戸川昌子やクロード・野坂といった新人が歌っていたが、その中に森まどかがいた。栗色の髪をパリ風にショートカットにしたボーイッシュな、まだ大学出たての女の子だった。いつも黒いセーターに黒いフレアーのスカートを着ていて、白いシャツの襟をのぞかせていた。それがまたなんとも清潔で知的だった。目と眉が近く、やや奥目で、鼻の先が上を向いていたからそれだけで日本人ばなれした感じをうけた。そのくせ口紅を薄く引いた唇はぽってりとしていて、そこだけが変に肉感的で、その唇の隙間から出てくる声は、低くて、丸くて、憂いがあって、泣きたいほどに官能的だった。

私は丸山明宏のファンだったけれど、昼の部にも通って、森まどかの歌を熱心に聞いた。

森まどかはいつも暗い歌を歌った。

『暗い日曜日』『異国の人』『エルザの瞳』『かもめ』『パダン・パダン』『人の気も知らないで』など、まるでそれが自分の世界であるかのように陶酔して歌った。まだ上手いとは言えないが、独特な節回しの、その詩的な匂いに私はとりこになっていった。

気がついたら、私は森まどかに恋文を書いて渡していた。

返事は来なかったが、次に私が銀巴里の片隅に坐っていると、休憩時間に森まどかは私のそばへやって来て、こう言った。

「随分愛の言葉がお上手なのね。きっと詩も書けると思うわ。私の歌の訳詞をやってくださらないかしら」

「訳詞って？」

「フランス語の歌を日本語にすることよ」

森まどかはちょっと人を馬鹿にしたような笑みを浮かべた。

この時初めて、私はこの世に訳詞という仕事のあることを知ったのだった。それまでは、歌の文句を誰かが書いているなんて考えもしなかった。

「これ、こんど来る時までにやっといて」

まるで弟にものを言いつける口調で言い、私の手に楽譜を押しつけて行ったきり、その日は口をきいてくれなかった。楽譜には『Il n'y a plus d'après』と書いてあった。

五反田の安アパートに帰った私は、楽譜を机の上にひろげ、生まれて初めて訳詞というものをやった。ギターで音を拾い、その音に乗せつつ、辞書と首っ引きで日本語の歌詞を作っていった。

高校を卒業してすでに三年経っていたから、私は大学進学はすっかりあきらめていた。だが、向学心やみがたく、フランス語を少しばかりかじっていたことが意外なところで役に立ったというわけだ。

次に銀巴里に行った時、ステージの始まる前に、私が恐る恐る原稿用紙を差し出すと、

「あとには何もない――いいタイトルじゃない」

森まどかは目を輝かせた。

そして、詩を読み進み、

「素敵じゃない。上手いわ。最高だわ」

と言って、人目もはばからず私を抱きしめた。あまり大きくはないが、しかしふわりとした胸が黒いセーターの下にあった。私は気が遠くなる思いだった。

「あなた、なにやってるの」

「喫茶店のボーイ」

「へええ、ボーイさん。給料はいいの」

「時給二十三円」

「たった?」

「残業して一日二百円。休みなく働いても一月六千円ってとこです」

巷では『一三、八〇〇円』という歌が流行っていた。贅沢言わなきゃ食えるじゃない

か、という世間の相場がこの月給だったから、それに比べて私の給料は実に情けないものだった。

「やめちゃいなさいよ、ボーイなんて」

「はあ?」

「訳詞家になるのよ。若くて上手くて安い訳詞家が登場したって、私があなたのことどんどん吹聴するわ。きっと注文殺到よ。大丈夫よ。あなたならきっとできるわ」

「……」

「はい、五百円。訳詞料よ」

森まどかは私の手に五百円札を握らせた。

「こんな大金?」

「そのうち、千円でも二千円でももらえるようになるわよ。頑張って」

そう言って森まどかは悪戯っぽく笑い、私の耳のうしろを指先でくすぐった。私は眩暈をおこしそうだった。

私は、運を天にまかせて、喫茶店のボーイをやめた。がそのあとはまったく彼女の言う通りだった。銀巴里に出演している歌手はみな私に訳詞を依頼したと言ってよかった。

私は毎日毎晩、一月《ひとつき》に三十曲というペースでシャンソンの訳詞をした。訳詞料もすぐに千円になり、やがては二千円になった。私はあっという間に貯金のできる身分になった。私はあきらめていた大学へ人より四年遅れて入った。入学費用の六万円もなんとか捻出することができた。

森まどかのレパートリーはすべて私の訳詞であった。ジュリエット・グレコやレオ・フェレの歌からそれは選んだが、実にまた彼女にぴったりだった。そして私は、彼女の口から発せられる言葉のすべてが自分の書いたものであるという意識から、彼女の胸の奥深くに自分が棲んでいるような錯覚に陥り、その一心同体の感じがえもいわれず幸福であった。

森まどかは新人から新進歌手となり、夜の部に出演するようになった。森まどかのいるところには決まって私がいた。二人は片時も離れていられなかった。

彼女の家はいわゆる山の手のお金持で、阿佐ヶ谷の大きな屋敷に住んでいた。そこへ遊びにいき、絨毯のしきつめられた、絵にかいたようなお嬢さまの部屋で、代わる代わるギターを弾きながら、『枯葉』や『群衆』や『パリの空の下セーヌは流る』なんかを歌っている時の幸せといったらなかった。

ニコール・ルーヴィエという若い歌手のレコードを聞き、こんどはこれをレパートリーに加えようと言い合った。

あのぽってりとした唇も私のものになった。あの黒いセーターの下でかすかに揺れていた胸のふくらみの浅い谷間でまどろむこともできた。丸みのある声を口から耳にじかに聞くことができるようにもなった。

東京ドリームの夢かなわず、貧窮にあえいでいたわが家を出て、自活をしていた私はいろんなアルバイトをしながら食いつないでいたが、もし森まどかに出会わなかったら、私はまだシャンソンの訳詞というものを知らず、喫茶店のボーイをつづけていたかもしれない。そう思うと、森まどかこそが私の救世主に思えてきたのだった。

この救世主を手放してはいけない、そんな思いで、私は森まどかに結婚を申し込んだ。それは私と彼女が初めて言葉をかわしてから三年経った冬だった。私はまだ大学二年生ではあったが、年齢は二十四歳、結婚に憧れる年頃でもあった。

なぜ私は結婚に憧れたのだろうか。それはたぶん不安だったからだろうと思う。不安は青春時代にかかる病気の典型的な症状である。

目の前に大海原がひろがっている。しかもそれは嵐にまかれてゴーゴーと波打っている。この荒海を一人で泳ぎきる自信はとうていない。自分が一人前の男であるかどうかも分らないのに、どうして飛び込む勇気を持てよう。

荒海を泳ぎきるにはパートナーが必要だ。この私を一人前の男だと認めて、己の人生を賭けてくれる女がいなくてはならない。可愛い子供をこしらえ、幸福な家庭を作ろうなんていう具体的な夢などはないが、とにかく、目の前の海に飛び込む勇気と荒海を泳ぎきるエネルギーを与えてくれる人が欲しい。

そんな、自分の全存在をかけたような究極の選択をもって相手に迫りたくなるのが、この病気の特徴だ。

ソファにゆったりと坐る彼女の足下にひざまずき、ほっそりとした彼女の手をもてあそびながら、私は「ウィ」の一言を待った。

が、答えは「ノン」だった。

「どうして？」

「私、スターになりたいの」

「スターって？」

「スターよ。大衆があがめる星よ」

私は、自分の耳を疑った。

スターになりたいなんて考えをいったいいつから持つようになったのだろう。彼女自身の考えだろうか。それとも誰かの入れ知恵だろうか。

森まどかが、銀巴里の花形歌手以外のものになろうなんて考えること自体が私には分らなかった。私の見たところ、森まどかが大衆の星になる可能性は万に一つもなかった。あまりに知的だし、あまりに憂いが強すぎた。低い声で暗い歌を歌って、それで拍手喝采をくれるのは銀巴里のシャンソンファンくらいのものだろう。こんな暗い歌を歌う歌手がスターになったとしたら、日本は真っ暗闇だろうし、またこんな知的な歌手がスターになれるほど、日本は洗練されていない。スターなんてものは、もっと明るくて軽薄なものだ。そんな大衆的なものを相手にせず、崇高な芸術性をもって、自分の中のなにかを表現したいからこそ、シャンソンを歌っているのではなかったのか。

『天井桟敷の人々』という映画で、ジャン・バチストがパントマイムという大道芸を芸術にまで高めたように、私たちは日本語で歌うシャンソンを芸術にまで高めようとしていたのではなかったのか。バチストはその芸で、夜毎にパリのフュナンビュル座を沸かせたけれど、銀巴里は私たちにとってのフュナンビュル座であり、銀座七丁目のあの通りは私たちにとっての犯罪大通りなのではなかったのか。私たちが、日毎夜毎に語りあっていたことは、そんな夢だったのではなかったか。

よっぽど私は思いつめた目付きで彼女を見ていたのだろう。森まどかは、私の視線から逃れ、遠い未来をみつめるように窓の外を見た。桜の枯れ木の枝の上では雀が二羽遊んでいた。雨が降ってきそうだった。


それからしばらくして、森まどかはＮＨＫテレビの歌番組にちょくちょく顔を出すようになり、銀巴里以外の場所でも積極的に歌うようになった。そこそこ人に名前も知られ、本人もそれを喜んでいる風だった。

だが、私から見れば、赤いベレー帽をかぶり、色とりどりの風船の糸の先をつかんで登場し、「バァローン！」なんて呼びかけて、『風船売り』を歌ったり、「おいらバガボン、幸せ売りよ」なんて、変に明るい声を作って『幸福を売る男』を歌っている女は、森まどかでもなんでもなかった。

こんなにまでしてスターになりたいか、お前はバガボンでなくてただのバカもんだ。とテレビに向かってどなりつけ、スイッチを切るなんてことを私は何回もやった。

そのうちこんどは、森まどかが音楽事務所のマネージャーとできてるという噂が流れてきた。

なんだそんなことだったのか、と私は腑に落ちた。

彼女が売れてきたことを快く思わないシャンソン歌手たちは、スターになりたい一心で、森まどかのほうから男に迫ったのだと言ってみたり、森まどかはマネージャーの口車に乗せられて、あんな通俗的な歌を心ならずも歌っているのだと哀れんでみたり忙しいことだった。

ところが、あともう一歩でスターの卵くらいにはなれそうな気配のところで、森まどかは突如として歌うことをやめ、フランス帰りの画家と結婚してしまった。

私としては、私の森まどかはとっくの昔に、どこかへ消えてしまっていたのだから、彼女の結婚なんてもはやどうでもいいことだと懸命に考えようとしたことはしたけれど、心の隅で密かに、彼女のためにもう一度歌を書いてみたいと願っていたことはたしかで、落胆は隠せなかった。私はシャンソンの訳詞をやる気がなくなってしまった。

私は不貞くされたように歌謡曲の作詞を始め、意外にも結構なヒットメーカーとなり、ぐずぐずと二十五年が経っていた。

三時きっかりに資生堂パーラーの二階のカフェに入っていくと、森まどかは、電話で言ってた通り、左の奥の窓を背にして坐っていて、私を見ると軽く手をあげた。そのシルエットは昔と寸分変わらないもので、私はタイムトンネルの中に飛び込んだのではないかと、一瞬立ち止まったほどだ。

近づいていくと、逆光線の中で、彼女の輪郭は次第にはっきりとしてきて、はっきりとしてくればくるほど輪郭はぼやけてくる、といった不思議な現象を見せた。それは彼女が、私が想像していたよりもはるかに年老いていたということだろう。若い頃の彼女の輪郭は黒々とした鉛筆の強いタッチで描かれていたが、それを指でこすってぼかしたような淡いタッチに、今の彼女の輪郭は変わっていた。

ということは、私の輪郭も彼女にはそう見えているのだろうと思い、私は恐れる気持で椅子に腰をおろした。

「元気そうね。あなたのことはテレビで時々見ているから、そう久しぶりとも思わないけど、私、すっかりおばあさんになったでしょう」

昔のまんまの声で言い、森まどかはにっと笑ったが、自慢の歯並びも年齢には勝てず、歯と歯の間にところどころ黄色い筋が入っていた。髪のカットの具合も昔と同じで色も栗色だが、でも当然染めているのだろう、時々、白髪らしきものがちらりと光る。

だけど私は、

「いやあ、ちっとも変わらないんでびっくりしたよ」

と精一杯の真実味を込めて言った。

「二十七年ぶりかしらね」

「そうだね、そのくらいになるね」

テーブルの上には飲みかけのコーヒーがあったから、私もコーヒーを注文した。

私は五十二歳、一つ年上の彼女は五十三歳ということになる。しかし、彼女の目だけは若かった。

それは彼女の目が遠くを見ている感じを与えるせいだろう。人間は、夢を見なくなると、どんどん視界が狭くなる。普通の大人の目はみんなそうだ。足下の現実ばかり見ようとするからだ。夢見る人の目はいつも遠いところを見ている。ちょっと愚かしくも見えるけれど、愚かさとは若さのことでもあるのだ。

私のうしろにいる人に向かって話しかけるような目で、森まどかが私を見た時、私の心はにわかになごんだ。

「銀巴里がなくなるんだって」

「そうなの。この二十九日に」

「あと二週間で……」

「そう、あの緑の看板が消えるのよ」

ふり返らなかったが、森まどかは右手でうしろをさした。

レースのかかった窓の向こうに見える七丁目の景色の中に銀巴里の看板がぼんやりとかすんでいた。

あの緑の看板をくぐると、右回りの階段があって、それを降りかけると下からジャヴァのリズムが流れてくる。降りきったところがレジで、チケットを買うのももどかしい思いで中へ入ると、正面のステージで綾部肇とリズム・クィンテットが演奏していて、その前で若い歌手が歌っている。この一瞬に青春の情熱のすべてをかけたような思いつめた表情で。声で歌うというよりひたむきさで歌うといった感じであった。未熟さをとがめる客はいなかった。歌手も客も一体になってシャンソンへの憧れにひたり、そこにたしかななにかがあると信じていた。

いったいなにがどうして私たちは、フランスのただの流行歌をあれほどまでに愛してしまったのだろう。

店がはねたあとは、みんなで銀座の狭い露地裏の安酒場で飲む。歌手はもちろん、ピアニストがいる。詩人がいる。絵描きがいる。みんな貧しかったけれど、星のように目を輝かせていた。

その中で、私と森まどかは中心的存在で、シャンソンについての理屈をならべ、仲間たちをリードして得意だった。そして夜道を歩きながら、あくことなくシャンソンを歌った。時には涙さえ浮かべて。

「金子由香利が最後の光芒とするなら、銀巴里はそのあとよく持ち堪えたと思うよ」

「安い料金で良質のシャンソンを、と思って頑張ってはきたんだけれど、ついに力つきたんだって」

「シャンソンそのものが過去の遺物に成り果てちゃったしな」

「私たちの胸にしか、もうシャンソンは生きてないんだわ」

「あれはなんだったんだろうね。あの熱に浮かされたような数年間は」

「さすらう青春の魂が必死になってなにか歌っていたんだわ。言葉にすると気障《きざ》だけど」

「ラ・ボェームか」

「帰らない夢、いちまつの夢よ」

私の頭の中にシャルル・アズナヴールの歌う『ラ・ボェーム』が流れた。やるせない気持になって、私は腕組みをし、しばらく口をつぐんだ。

「最後の二十九日は、美輪明宏さんのリサイタルになるんだけど、その前の二日間は、過去に銀巴里に出ていた歌手が全員集合するんですって。戸川昌子さんも金子由香利さんもみんな出るわ。私も声をかけられたの」

森まどかは肩をちょっとあげ、ふふふっと笑った。

「ふーん、歌うんだ」

「二十七年ぶりに。順ちゃん、聞きにこなきゃ駄目よ」

「行くさ。当然歌うのはグレコだろう？」

「あとには何もない、失われた踊り場、ジョリ・モーム、オルガ、なんてところかしら。私きっと泣いちゃうと思うな」

「俺だって、泣いちゃうかもね」

突如として歌をやめて結婚した森まどかが、銀巴里がなくなるとなったら、じっとしていられなくなって、二十七年ぶりに歌うというのが、なんとも私は嬉しかった。

「ところで、なんの用だったの、今日は」

「あなたに、訳詞のお願いがしたかったの」

「訳詞？」

「そう」

私は、昭和が終わったと同時に歌を書くことをやめていた。はっきりとした理由は自分でもよく分らないが、とにかく平成という時代相手に、歌を書いても意味がないように思えて仕方ないのだった。

そう心に決めてもう二年が経っている。私は、自分との約束を、昔の恋人のためにたやすく破ってしまうことにやや抵抗があった。

「俺は今、歌は書いてないんだ。小説家になろうと思ってね。もっか頭の構造を作り変えているところなんだ」

「順ちゃん、昔から小説書きたがっていたものね。分ったわ。邪魔しないわ」

森まどかは立ち上がる気配を見せた。

「待てよ」

私はあわてて言葉をついだ。

「俺が、君の言うことに逆らったことが、今までに一度でもあったっけ」

「なかったわ」

森まどかの声には昔と同じ威厳があった。その声を聞くと私は条件反射をおこし、すぐ弟のように従順になった。

「じゃ、これからもきっとそうだろうさ」

「やってくださるのね」

「喜んで」

私は笑ったが、自分の歯も黄色くなっていることを思い出し、すぐに口を閉じた。

「お金に不自由はしていないけど、あなたにお礼を払えるほどのお金持でもないわ」

「そんなものいらないよ。しかしどういう心境の変化なんだい？」

昔の恋人のために、簡単に誓いを破る自分自身が私は気に入らなかった。私は少し不機嫌になっていた。

「銀巴里よ」

「銀巴里がどうしたの」

「銀巴里がなくなるって聞いた瞬間、私は大きな忘れ物をしている自分に気がついたの」

「愛するものの価値は、失ってみて初めて分るってやつかい」

「まあそういったところね。でも、銀巴里の価値が分ったんじゃないわよ。私が熱に浮かされていたなにかの価値が分ったという意味よ」

「同じことじゃないか。歌うことによって、若き日の銀巴里を自分の心の中に再現したいんだろう？」

「似ているけど違うわ」

「どう違うんだい」

「銀巴里はただのきっかけにすぎないわ。私には過去に忘れ物があるの。それをとりにいきたいのよ」

「そんな個人的な感傷におつきあいしている暇はないな」

私はちょっと突き放すような冷たい声で言った。

「あなたと一緒でないとできないことなのよ」

彼女の声は甘かった。

「どうして」

「だって、これよ」

と、森まどかがテーブルの上に置いたのは、ニコール・ルーヴィエのレコードと楽譜だった。

ＬＰレコードのジャケットにも楽譜の表紙にも、黒いセーターの襟元に白いシャツをのぞかせたニコール・ルーヴィエの横顔写真がのっていたが、それは私の前に坐っている森まどかと同じように、二十七年という歳月に風化されてすっかり色あせ輪郭がぼやけていた。

だが、私は遠い日の二人の約束を思い出した。

「次は、ニコール・ルーヴィエをやろう」

「ひもじい時、人生は戦い、恋は狼、このＬＰみんな歌いたいわ」

「たまにはギターの弾き語りもいいかもね」

「でも、ニコール・ルーヴィエを分ってくれる人なんてめったにいないでしょうね」

「それでも、歌うんだよ。歌うことに意味があるんだよ」

あの時の二人の、息せききった声のトーンまでがよみがえってくる。そして、もはや言葉が追いつかなくなって、ただ抱きあい、ただ唇を重ね、ただただ部屋の中をころげまわった時の幸せな笑い声が。

「これ、あなたの忘れ物でもあるはずよ」

「……」

「今頃、未練がましいと思うでしょう」

「ああ、思うよ」

「未練じゃないわ。思いつづけていたということよ」

「嘘つけ。スターになりたいなんてうわ言を言って、俺の前から去っていったのは君じゃないか」

「怒ってるのね」

「怒ってるさ。恨んでもいる」

「あの言葉をあなた真にうけたの」

「当たり前だろう」

「おバカさん」

「なにが」

「あなたを傷つけまいとして、私がついた最大の嘘よ」

「嘘？」

私はなにがなんだか分らなくなった。森まどかにたいして、二十七年間抱きつづけていた怒りの持って行き場がなくなって、おろおろした。

「あなたに結婚を申し込まれて、私はさほど驚かなかった。そうなることは時間の問題と思っていたから。でも、うんとは言えなかった」

「どうして？」

「あら、昔と同じ聞き方ね。でも、答えのほうは違うわ」

森まどかは少し間をおき、じっと私の目を見据えると、

「貧乏が怖かったの」

と言った。

「そうよ。貧乏が。私、お嬢さんだったのよ。いくら愛しているからって、明日をも知れない、しかも年下の学生のところへなんかお嫁にいけないわ」

「俺は、シャンソンの訳詞で食ってたよ」

「あれは仕事とは言わないわ」

「親が反対したんだね」

「違うわ。私が自分で決めたんだわ」

「それでスターになりたいなんて言ったんだ」

「そうでも言って、あなたに軽蔑されなかったら、あなたと私は別れられなかったでしょう」

「だけど君は実際にスターへの道を歩きはじめたじゃないか」

「精一杯の演技。苦痛だったわ」

「マネージャーとの噂だってあった」

「口さがない人が言い触らしたただのでたらめよ。でも私、そんなことどうでもよかった。やぶれかぶれだったから」

「すぐに戻ってきて、いつもの歌を歌えばよかったのに」

「それじゃあまたあなたと一緒になってしまうじゃない」

「それでいいじゃないか」

「駄目なのよ。あなたと私は、一緒にいたら、二人して永遠に夢を見つづけてしまうわ」

「どうしてそれがいけないんだい」

「死んでるわ、私たち、きっと」

私はコーヒーを飲むことをすっかり忘れていた。カップがすでに冷えていた。ためらいつつ口に運んだが、やめた。

「君が先に夢から醒めたってわけか」

「女って常に現実的な生き物よ。だから貧乏が怖かった。それだけ。セ・トゥー」

森まどかは目を潤ませたまま笑った。

この目だ。私が、薄曇りの雲を透かして見る太陽のような目と言ったのは。

この目には、私は逆らえないのだ。このまま行こうと言われたら、地獄へまでもついて行ってしまうだろう。

「森まどかが帰ってきたね」

「そうお？　なら、あなたも帰ってきて」

冬の日差しの衰えは早く、銀座通りは西側に建つビルがつくる黄昏色の影の中に沈んでいた。

「ね、順ちゃん、このQuand j'ai faim. ひもじい時っていう歌、あなた、どんな詩をつけるつもり」

「……」

「それから、このÀ la vie comme à la guerre. 人生は戦い、こんなのあなたお得意ね」

森まどかは『人生は戦い』のひと節を低く、か細く歌った。

私は下を向いて涙ぐんだ目をかくした。

「今更、私がこんな歌を歌ったって、世の中にとってはなんの意味もないことくらいは知ってるつもりよ。年をとった森まどかがまた歌いだしたからって、誰も驚かないことだって分ってるわ。でもとにかく、私は、東京のどこかのシャンソニェに出演して、ニコール・ルーヴィエの歌をあなたの歌詞で歌い、自分の忘れ物をとりにいきたいの」

「その、忘れ物はもうぼろぼろかもね」

「それでもいいの。とりにいくことに意味があるんだから」

「夢よもう一度かい」

「違うわ。そうやって夢とさようならするのよ」

私は、テーブル越しに手を差し出した。

「分った。訳詞は俺がやるよ。あの頃のように、燃えて」

「ありがとう」

森まどかは私の手を握った。

「君には逆らえない」

「あなたの笑顔、昔のままね」

森まどかの手は、昔とは比べものにならないくらいがさついていた。しかし、力強い握り方だった。忘れ物をとりにいくという断固とした決意があった。忘れ物が、もしまだどこかにあればの話だが。

「じゃ、順ちゃん、オールヴォワ」

私の前を通りすぎていった森まどかのうしろ姿を私は追おうとはしなかった。

ニコール・ルーヴィエのＬＰレコードと楽譜の上に頬杖をついていると、銀巴里の看板に明かりが入った。懐かしい、深い緑色だった。

レジで勘定をすませ、家に電話をかけた。

「はい、もしもし」

明るい声で妻が出た。

「機嫌いいね」

「私はいつだって機嫌いいわよ。なにかあったの」

「ボタンのかけ違いは、あれはかけ違いでなかったようだ」

「なんのことかしら」

「いや、別に。銀座でディナーをおごるよ。どこがいい」

「嬉しい。それじゃあ胡椒亭にして」

「胡椒亭、いいね」

「今から支度するから待たせるわよ」

「かまわないさ」

外へ出て、銀巴里の看板をちらりと横目に見て、私は歩きだした。交詢社通りを渡り、みゆき通りを横切り、夕風に吹かれながら、あてもなく歩いた。銀座で待たされるのなら、何時間だって平気だ。なにしろ銀座は私のベル・エポックだから。

初出

遺言歌――――「オール讀物」一九九三年五月号
奥様の冒険――「オール讀物」二〇〇二年四月号
ベル・エポック――「別冊　文藝春秋」二〇〇〇年四月　春号

JASRAC 出 2101163-101

なかにし礼（なかにし　れい）
一九三八年、中国黒龍江省（旧満洲）牡丹江市生まれ。立教大学仏文科卒業。在学中よりシャンソンの訳詩を手がけ、その後、作詩家として活躍。『石狩挽歌』『北酒場』『まつり』など約四〇〇〇曲の作品を世に送り出し、日本レコード大賞、日本作詩大賞ほか多くの音楽賞を受賞する。その後作家活動を開始し、二〇〇〇年『長崎ぶらぶら節』で第一二二回直木賞を受賞。二〇一二年と二〇一五年に判明した二度のがんを克服し、旺盛な創作活動を続けたが、二〇二〇年一二月、心筋梗塞のため逝去。著書に『兄弟』『赤い月』『てるてる坊主の照子さん』『さくら伝説』『生きる力　心でがんに克つ』『天皇と日本国憲法　反戦と抵抗のための文化論』『夜の歌』『芸能の不思議な力』『わが人生に悔いなし　時代の証言者として』『作詩の技法』『愛は魂の奇蹟的行為である』など多数。

遺言歌

二〇二一年一二月二〇日　初版印刷
二〇二一年一二月三〇日　初版発行

著　者　なかにし礼
装　幀　鈴木成一デザイン室
発行者　小野寺優
発行所　株式会社河出書房新社
〒一五一-〇〇五一
東京都渋谷区千駄ヶ谷二-三二-二
電話　〇三-三四〇四-一二〇一（営業）
　　　〇三-三四〇四-八六一一（編集）
https://www.kawade.co.jp/

組　版　KAWADE DTP WORKS
印　刷　株式会社暁印刷
製　本　小泉製本株式会社

Printed in Japan　ISBN978-4-309-02954-2
落丁本・乱丁本はお取り替えいたします。

河出書房新社・なかにし礼の本

天皇と日本国憲法
反戦と抵抗のための文化論

日本国憲法は、世界に誇る芸術作品である――。平和を願い続けた著者が、人間のあるべき姿を描く。**河出文庫**

わが人生に悔いなし
時代の証言者として

昭和、平成、そして令和――。激動の時代を駆け抜けた、天才作家の愛と魂の軌跡！　感動の自伝的エッセイ。

作詩の技法

世界の人々を感動させる歌を書こうではないか――。天才作家が説き明かす、作詩術の秘儀と奥義。数々の大ヒットを生み出した著者が、実践的かつ至高の技を披露！

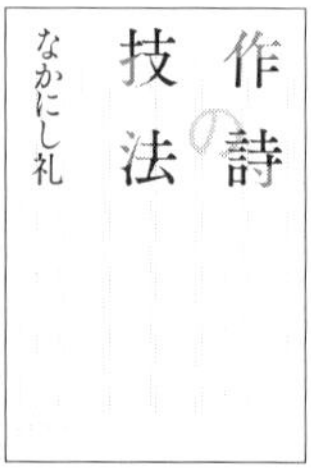